Dagmar Graupner
Die Bergung des Lichts

D1702302

Dagmar Graupner

Die Bergung des Lichts

Erzählung

edition litera

Die Handlung dieser Erzählung sowie die darin vorkommenden Personen sind frei erfunden; eventuelle Ähnlichkeiten mit realen Begebenheiten und tatsächlich lebenden oder bereits verstorbenen Personen wären rein zufällig.

Bibliografische Information Der Deutschen Bibliothek
Die Deutsche Bibliothek verzeichnet diese Publikation in der Deutschen Nationalbibliografie; detaillierte bibliografische Daten sind im Internet über http://dnb.ddb.de abrufbar

© 2008 by R.G.Fischer Verlag
Orber Str. 30, D-60386 Frankfurt/Main
Alle Rechte vorbehalten
Umschlaggestaltung nach einem Aquarell von Susanne Graupner
Schriftart: Times 11°
Herstellung: Satz*A*telier Cavlar / NL
Printed in Germany
ISBN 978-3-8301-1154-2

Für Susanne und Karlfried

I

Er fühlte das Anzurren der Seile.

Sein Verstand und sein Empfinden erwachten gleichzeitig, lösten sich aus der Umklammerung des Schlafes, verließen die schützende Sphäre der Entspannung. Wie ein Berg begann der Tag sich vor ihm aufzutürmen, legte sich auf seine Brust. Reglos beobachtete er, wie sich die Skala der Helligkeit nach oben verschob, wie sich der Vorhang des Balkonfensters blähte, zurückfiel, sich erneut füllte.

Luft. Atmen.

Aufstehen!

Nein.

Weitere Minuten verstrichen, während derer seine Augen lustlos über die Tapete glitten, zum Bücherregal wanderten, zurück zum Fenster irrten.

Unruhe bemächtigte sich seiner, Angst, Hoffnungslosigkeit, Überdruss. Plötzlich hielt es ihn nicht mehr im Bett. Also doch, aufstehen!

Zögernd stellte er den Wecker aus, fuhr sich durch seine dichten, dunkelblonden Haare. Mit einem Ruck erhob er sich, schlug den Weg zum Bad ein, besann sich dann, wandte sich zur Küche und stellte den vorbereiteten Kaffeeautomaten an.

Im Bad verharrte er einen Moment am Fenster, den Blick ins Leere gerichtet. Aus dichtem grauen Nebel, begraben von Bergen anderer, neuerer Eindrücke, befreite sich ein Bild.

Cara.

Wie nach einem rettenden Anker griff er jetzt zum Rasierapparat, stutzte seinen Viertagebart auf einen Dreitagebart, begann mit der Morgentoilette, zog sich danach an. Jeans und Shirt, ein dünnes Jackett.

Der Kaffee schmeckte nicht, es war dem Aroma nicht förderlich, das Pulver schon am Vorabend in die Maschine zu geben. Dennoch, er machte es seit eineinhalb Jahren so, präzise seit er allein war. Außerdem hätte er möglicherweise gar keinen Unterschied zu frischem Kaffe festgestellt, er achtete nicht wirklich darauf. Frisch hätte er ihn wahrscheinlich ebenso wenig genießen können.

Mit etwas wacherem Blick sah er nochmals aus dem Fenster, diesmal aus dem der Küche, sah zwei Krähen von einer Fichte in sanft abfallendem Synchronflug plötzlich zwei ebenso synchrone Wendungen fliegen, weit ausholend, parallel wieder aufsteigend, bis sie sich anschließend erneut in dem Baum niederließen. Für einen Augenblick war er fasziniert, etwas Derartiges hatte er noch nie beobachtet. Die Flugbewegungen schienen millimetergenau aufeinander abgestimmt. Ein Hauch von Unwirklichkeit lag über dem Gesehenen.

Dann dachte er an den Fall der fünfzigjährigen Sabine K., der sie seit Wochen in Atem hielt, der anfangs ganze Hundertschaften auf den Plan gerufen hatte und in dessen Ermittlungen sie jetzt festzustecken schienen.

Er verspürte das Bedürfnis zu rauchen.

Nein. Damit war er nun wirklich durch!

Sein Blick wurde unvermittelt auf seine Nachbarin gelenkt, die aus ihrem Bungalow getreten war, eilig im Gehen mit einem Band oder Gummi die langen, dichten, rotbraunen Haare bändigte, dann auf ihr Fahrrad stieg und in rasender Fahrt das stets offene Gartentor passierte. Eine Bewegung durchlief seinen Körper.

Zum Teufel! fluchte er innerlich, konnte man hier nicht einfach stehen und in Ruhe …

Er löste seine Hände vom Fensterbrett, das er gehalten hatte, als müsse er sein Haus auf diese Weise vor dem Einsturz retten, oder als stelle es die einzige Konstante in seinem Leben dar, die ihn vorm Chaos bewahren könne.

2

Der Julimorgen empfing ihn sanft, als er vor die Haustür trat. Während er sie mechanisch verschloss, fiel ihm ein, dass er seine Klingel reparieren müsse. Er las seinen Namen auf dem Schild, der ihm seltsam fremd erschien.

Jan Eichmann. Hieß er wirklich Jan? Jan …, Jan. Für einen Moment überfiel ihn Panik. Ich verliere den Verstand, wenn ich mich nicht zusammenreiße, dachte er resigniert. Er bestieg sein Auto, dessen vor Schmutz fast blinde Scheinwerfer ihn vorwurfsvoll zu mahnen schienen. Während der Fahrt resümierte er seine gestrigen Überlegungen den Mordfall der Sabine K. betreffend, kam zu keinem Schluss. Der Ehemann, von Beruf Rettungsassistent, den er von Anfang an für den Täter gehalten hatte, besaß ein Alibi. Dabei hatte er gewöhnlich ein gutes Gespür, noch bevor es durch Indizien gestützt wurde. Etwas musste übersehen worden sein, sie kamen einfach nicht darauf.

Viel schlimmer aber war die Tatsache, dass er selbst an der Wichtigkeit ihrer Ermittlungen zu zweifeln begonnen hatte. Sie konnten weder der armen Frau K. mehr helfen, noch war es wahrscheinlich, dass der Ehemann – vorausgesetzt, dass er der Gesuchte sei – die Tat bei einer anderen Frau wiederholen würde. Genau das – sie würden niemandem helfen! Nur rächen. Diese Gewissheit, wenn auch momentan noch ungesichert, lähmte ihn. Isolierte Vergeltung war etwas, das seinem Charakter völlig zuwider lief.

Er dachte an seinen Kollegen Karl, der in den Ruhestand gegangen war, der ihm gut getan hatte in seiner selbstverständlichen, besonnenen Art. Solange er da gewesen war, hatte irgendwie immer alles seine Berechtigung gehabt. Auch Karls Fluchen, sein »zum Teufel!« war mehr aus Angewohnheit als aus Frustration erschollen, war mehr ein Markenzeichen als eine Unmutsbekundung gewesen. Jan Eichmann hatte ihn anfangs kopiert, um ihn zu necken. Als Cara ihn verlassen hatte, war es ihm zur Gewohnheit geworden. Er sprach es allerdings selten aus, dachte es nur, aber dafür meinte er es auch.

3

Tanja Lenz nahm zwei Stufen auf einmal. Nur flüchtig berührten ihre Hände das wunderschön gearbeitete Holzgeländer der Ärztevilla. Der hübsche majestätische Altbau mit den Putten auf den Dachsimsen thronte mitten in der Innenstadt. Ihre Füße flogen über die mit roten Bastläufern geschützten Holzstufen. Sie grüßte freundlich die vor den verschiedenen Abteilungen Wartenden, bis sie vor ihrer eigenen anlangte, die sie unbelagert fand. Ein Lernprozess, der der permanenten Unpünktlichkeit ihres Chefs geschuldet war. Sie schloss die Tür auf, die sich leicht quietschend öffnete. »Bl. KS«, erinnerte sie ein Zettel ihrer Kollegin, der sie davon in Kenntnis setzte, dass diese gestern Nachmittag noch Blut entnommen hatte und eben das jetzt in einer umfunktionierten Stullenbüchse neben Butter und Käse im Kühlschrank lagerte. Ein Hoch auf die Hygieneinspektion, die sie hoffentlich nie kontrollieren würde.

Sie stellte ihre Tasche in den Verschlag und befreite anschließend die Nahrungsmittel von der unappetitlichen Nachbarschaft. Dann setzte sie den Kaffee auf, stellte die Datumsstempel um, begann mit der Vorbereitung der Sprechstunde und freute sich auf ihre Kollegin Silvia. Diese erschien gut gelaunt, umarmte Tanja flüchtig, stakste mit schelmischer Miene zum Tresen und sang: »Im Mehltau zu Berge wir ziehn …«

Tanja streckte sich wohlig, begutachtete interessiert die lebensfrohe Garderobe ihrer Mitstreiterin, als der Hausmeister, Herr Sens, in der Tür erschien. Einmal um zu fragen, ob es Arbeit für ihn gäbe, zum anderen hatte er wie fast immer einen nicht jugendfreien Witz auf den Lippen. Den übel zunehmen hatten sie schon seit langem aufgegeben.

»Ein Blasinstrument mit vier Buchstaben?«, fragte er auffordernd.

»Tuba«, antwortete Silvia.

»Oboe«, sagte Tanja.

»…«, grinste Herr Sens.

»Ferkel«, schalt ihn Silvia.

»Hat leider sechs Buchstaben«, antwortete Herr Sens, dann verschwand er.

Die erste Patientin, die erschien, war ihnen bereits bekannt. Sie litt unter einer chronischen psychischen Erkrankung, stand zusammengesunken mit vornüber geneigtem

Kopf vor ihnen und war kaum imstande, ihr Begehren zu artikulieren. Sie hatte ein liebes, freundliches Gesicht, dem die Serie nicht abreißender, aufeinander folgender Niederlagen anzusehen war. Tanja sprang auf, begleitete sie zum Wartezimmer, nahm ihr damit die Anmeldung ab. Unprofessionell, fiel ihr dazu ein, aber sie hielt es selten aus mitanzusehen, wie jemand sich in derartigem Unbehagen wand. Sie sprach freundlich mit der Frau, versuchte, sie in ruhigem Ton aufzumuntern, was ihr zu gelingen schien.

»Für dich«, orderte Silvia sie jetzt nach vorne, als der erste Patient zum AEHP erschien. Dessen Kurve konnte Aufschluss darüber geben, ob die beklagte Störung seines Gleichgewichts dem Ohrbereich oder dem Hirnstammbereich zugeschrieben werden musste.

Nachdem Tanja ihn platziert, mit Elektroden, Kabeln und Kopfhörern versehen hatte, startete sie das Gerät. Beide Ohren wurden jetzt abwechselnd drei Minuten lang beschallt.

Sie beobachtete den jungen Mann, sah sein entspanntes Gesicht, ertappte sich dabei, dass sie seine gut geformten Lippen bewunderte, dann wanderte ihr Blick seinen Körper entlang. Erschrocken vergewisserte sie sich seiner geschlossenen Augen.

Während sie die monoton klickenden Geräusche vernahm, dachte sie an ihre Tochter Laura, die, achtzehnjährig, vor vier Monaten in eine eigene Wohnung gezogen war. Dabei hatten sie erst sieben Monate zuvor den gemeinsamen Bungalow gemietet.

Laura hatte ihr Kummer bereitet.

Nach bis dahin harmonischer Entwicklung hatte sie plötzlich angefangen, mit Drogen zu experimentieren, war schließlich am täglichen Cannabiskonsum hängen geblieben. Tanja hatte zusehen müssen, wie Laura stumpf wurde, sich zu keinerlei Anstrengungen mehr aufraffen konnte, wie sie die elfte Klasse schmiss. Plötzlich war ihre Tochter, mit der sie bis dahin in Eintracht gelebt hatte, eine Fremde, gerade als sei sie ausgetauscht worden.

Laura hatte sich an keinerlei Verabredungen mehr halten wollen. Früher dagegen hatte sie wegen fünf Minuten Verspätung zu Hause angerufen.

Tanja hatte zum ersten Mal eine allumfassende Ratlosigkeit erlebt. Alles Reden nutzte nichts.

»Du mit deiner ewigen Angst!«, hatte sich ihre Tochter beschwert.

Ja, sie mit ihrer ewigen Angst. Sorge eben.

»Was willst du eigentlich von mir?«

Und wenn sie' s sagte?

Dann das Geräusch von Fahrradreifen auf unbefestigter Straße – wehmütige Kindheitserinnerung, zum Albtraum mutiert.

Lauras Augen. Laura, wohin gehst du?

Nächte, in denen Tanja wartete, gepeinigt von Angst. Jede gute Absicht ihrerseits schien sich ins Gegenteil zu verkehren. Laura, wohin?

Manchmal dann der Gang in Lauras Zimmer. Viele Bilder, meistens Öl, einige Aquarelle. Die letzten düster, viele Symbole.

Lauras Heimkehr spät, der Blick fern, fremd. Laura, komm zurück!

Erst mit der Aufnahme einer Lehre hatte sie sich stabilisiert. Vielleicht hatte sie die andere Schule überfordert – wenn es das gewesen war, damit würde Tanja sich gern abfinden. Sie machte sich im Nachhinein Vorwürfe, ihr möglicherweise unbeabsichtigt zu viel abverlangt zu haben. Vielleicht tat es Laura gut, unbeaufsichtigt von ihr für sich selbst sorgen zu können.

Traurig war Tanja trotzdem hin und wieder. Sie fühlte sich manchmal allein in dem immer noch neuen Zuhause, das etwas ländlich lag, sie aber nur fünfzehn Fahrradminuten von der Stadt und ihrer Arbeitsstelle trennte. Ihr Vermieter, der offensichtlich wenig auf ihr Geld angewiesen zu sein schien, hatte ihr eine lächerlich geringe Miete für den fast neunzig Quadratmeter großen Wohnraum berechnet. Sie waren sich auf Anhieb sympathisch gewesen.

Der Bungalow hatte kein Gegenüber. Das Grundstück, das sich seitlich vor dem ihren befand, war ebenfalls unbebaut. Auf der anderen Seite nebenan wohnte in einem hübschen Haus ihr Nachbar, der, wenn es stimmte, was man ihr erzählt hatte, bei der Kripo arbeitete. Mit den anderen Bewohnern in der Umgebung war sie schnell warm geworden, mit ihm nicht.

Sie hatte sich ihm zu Anfang vorgestellt und war beeindruckt gewesen. Groß und dunkelblond, hatte er ein markantes, männliches Gesicht, sehr sprechende graue Augen. Ihr war der Blick aufgefallen, mit dem er sie gemustert hatte, als er sie ruhig und ernst begrüßte. Analytisch, hatte sie gedacht – dann ein kurzes Aufleuchten der Sympathie registriert, das später immer mehr einer entschlossenen Verweigerung gewichen war. Die konnte sie sich nicht erklären.

Inzwischen hatte sie aufgegeben. Anfangs hatte sie sich lustig gemacht über seine Verstocktheit. Sie hatte versucht, ihn zu necken, was ihm Unbehagen zu bereiten schien, hatte versucht, Kontakt zu bekommen, erfolglos. Die weiter entfernt wohnenden Nachbarn bestätigten ihr, dass er menschenscheu sei. Sie selbst empfand ihn als introvertiert, gefühlsarm, uninteressiert, unerweckbar – kurz, ein komischer Mensch.

Als seine Frau noch bei ihm wohnte, solle er anders gewesen sein, sagte man ihr. Da spürte sie so etwas wie Mitleid, und sie hörte auf, ihn zu ärgern.

Später vergaß sie ihn fast völlig, sah ihn oft tagelang nicht. Sie war manchmal überrascht, wenn er ihr plötzlich begegnete, sie sich höflich grüßten und er sich fast fluchtartig wieder entfernte. Tatsächlich, da war ja noch jemand! Sie konnte zusammenfassend sagen, dass sich ihre anfängliche Vorstellung von guter Nachbarschaft sehr bald relativiert hatte auf einfach Nachbarschaft. Auch war seine Höflichkeit von der Art, die an Unhöflichkeit grenzte, die den, dem sie galt, klein machte, ihn schrumpfen ließ durch die Überlegenheit und gleichzeitige Abwehr, die sie signalisierte.

Sie schreckte zusammen, als sie merkte, dass das Klicken des AEHP's schon eine ganze Zeit verklungen sein musste und ihr Patient sie erwartungsvoll musterte.

»Entschuldigung«, sagte Tanja und beeilte sich. Sie trug die Kurve zum Sprechzimmer und begrüßte ihren Chef, Herrn Herbst, der sie in bester, ausgeschlafener Laune empfing.

4

Lauras hübsches Gesicht erschien in der Tür, sie lächelte, als sie Tanja erblickte. Ihre Haare trug sie hochgesteckt, die lässig schicke Garderobe stand ihrer hoch gewachsenen, schlanken Figur ausgezeichnet, allerdings waren die etwas zu langen Hosenbeine auf der Rückseite völlig herunter getreten.

»Wie gut, dass du kommst, ich habe Hunger«, freute sie sich.

Tanja hatte ihre Mitbringsel auf dem Tisch verteilt, Laura räumte sie ein. Sie schien fröhlich und aufgeräumt, was man nicht von der Wohnung behaupten konnte. Sachen lagen umher, der Tisch klebte, der Fußboden war merkwürdig fleckig. Überall lagerten Plastiktüten, teils mit Inhalt, teils ohne. Tanja vermied einen Kommentar.

»Keine Angst, ich räume heute auf«, flötete Laura jetzt, die ihrem schweifenden Blick gefolgt war.

»Du kleiner Saupel«, neckte Tanja sie, »möchtest du, dass ich dir helfe oder willst du mit zu mir kommen?«

»Weder das eine noch das andere«, meinte Laura und gab ihr einen Kuss, »ich bin noch verabredet.«

5

Tanja fuhr nicht so schnell wie sonst, die Luft war flirrend heiß, sogar ihr altes, rostiges Fahrrad schien zu ächzen unter der Hitze. Schmetterlinge hatten sich auf dem Sommerflieder im Park niedergelassen, öffneten und schlossen im Wechsel die farbenprächtig gemusterten Flügel, folgten von Zeit zu Zeit in unruhigem Flug einer vorbestimmten Choreografie. Tanjas helles Shirt war von winzigen schwarzen Fliegen besiedelt, die sich von ihr chauffieren ließen. Sie dachte liebevoll an Laura, die ihr fehlte, dachte an das Wochenende, das vor ihr lag und das sie wie so oft lesend verbringen würde. Sie liebte die Wochenenden mit Verabredungen ebenso wie die ohne. Tanja erfreute sich ihrer Gabe, jeglichem Umstand das Gute zu entlocken.

Dann entsann sie sich ihres Freundes Peter, Lauras Vater, der an diesem Wochenende sicher nicht allein sein würde. Von Kindheit an kannten sie sich und es war Tanja, die plötzlich schwanger werden wollte.

Sie hatten vereint das Sozialismusexperiment überstanden, wo sie entbehrt hatten – aber gemeinsam. Das war der Zauber – aber erst im Nachhinein. Und sie hatten die Lockung des Unerreichbaren gefühlt, sich fortgesehnt, ebenfalls gemeinsam – erst im Nachhinein nacheinander wegen gemeinsam durchlittener Enge, die sich so schwer beschreiben ließ, wegen erlebter Bedrohung, gemeinsam gewachsenen Humors, erlebten Glücks inmitten und trotz Bevormundung und Bedrängnis.

Ihre skurrilen Aktionen, der Eintönigkeit zu entfliehen: zerstoßenes Aspirin – den Freunden als »halluzinogene Droge« verabreicht – nimmermüde Fantasien.

Sie waren einander verbunden, ohne Zweifel, aber sie waren nie ineinander verliebt gewesen im herkömmlichen Sinne. Deswegen war auch die Trennung unspektakulär verlaufen, als er Viviane kennen gelernt hatte.

Verliebt war Tanja außer zweier Ausnahmen immer nur

in die Autoren oder Helden der Bücher gewesen, die sie las. Gefangen genommen von den vielfältigen Geschehnissen übermittelte sich ihr der Eindruck, dass der Autor sich ihr geöffnet habe, sein Buch allein für sie verfasst, sich ihr anvertraut habe. Dann blätterte sie zurück und fand die enttäuschende Widmung – einer Frau, Freundin, einem Kind, den Eltern. In jedem Fall nicht ihr!

Ebenso enttäuscht war sie, wenn sie nach dem Auslesen eines Buches von dessen Helden, die sie bis dahin täglich begleitet hatten, plötzlich verlassen wurde. Immer empfand sie danach die gleiche Leere, die den Gefühlen eines leichten bis mittleren Kummers glich.

Verzehrende Liebe zu einem realen Mann schien etwas zu sein, das allgegenwärtig war, das sie aber nur bei anderen beobachtete – staunend und andächtig, zuweilen etwas neidisch, das aber nicht in die eigenen vier Wände Einzug hielt, das sich ihr in den letzten Jahren als Realität permanent zu verweigern schien. Dafür frequentierte es ihre Träume.

Was hatte es auf sich mit dieser Liebe, dem größten und zugleich humorvollsten Geschenk, das zu hehren Gefühlen verleitete, um in einem mehr oder weniger clownesken Akt zu münden?

Erhitzt verließ sie den Park, gelangte auf einen Feldweg und bog anschließend in ihr relativ dünn besiedeltes Wohnviertel ab, auf dessen umliegenden Wiesen jedoch bereits der Bau weiterer Häuser vorgesehen war.

Zufrieden stellte sie sich unter die Dusche und genoss das Gefühl, das das kalte Wasser auf ihrer Haut hinterließ. Erfrischt und in Vorfreude auf die freien Tage machte sie sich zunächst ans Aufräumen, zog später einen Bikini an und begab sich mit einem Buch und einer Decke in den Garten. Als sie vom Lesen aufsah, entdeckte sie seitlich vor sich ein Spinnennetz, das sich von einer Konifere zur benachbarten Gartenlampe spannte. Vor der Kulisse eines traumhaft schönen Sommertages entspann sich ihr das Bild eines Kampfes auf Leben und Tod. Eine Wespe hatte sich verfangen und vollführte verzweifelte Bewegungen, während die Fängerin sich in rasantem Tempo näherte. In letzter Sekunde gelang der Wespe der Ausbruch und die Spinne begann mit der Reparatur des beschädigten Netzes.

Tanja überlegte, auf wessen Seite sie gestanden hatte, wusste es nicht sicher, meinte aber, dass sie der Wespe das Entkommen gewünscht habe. Allerdings empfand sie jetzt auch mit der Langbeinigen Mitleid. Bewundernd verfolgte sie mit den Augen die ungeheuerlich kunstvolle Präzision der Netzstruktur.

Wie schön es war, hier zu liegen, die kühlende Brise zu spüren, die ihren Rücken liebkoste. Sie wandte sich zurück, entfernte ein Blatt von der Rückseite ihres linken Beines und registrierte die sanfte, ebenmäßige Bräune ihrer Haut.

Den Blick anschließend auf den Rasen richtend, war ihr, als betrachte sie vor sich die Miniaturausgabe des gesamten Lebens.

Sie beobachtete Ameisen, die sich mit ihrer Fracht durch die Grashalme arbeiteten – in unermüdlichem Drumherum, die Beute teilweise verlierend und wieder aufsammelnd. Käfer und Raupen waren unterwegs, Schnecken, die sich mit ihren Häusern im Auf und Ab mühten, und sie sah Heuschrecken beim Grasfressen zu. Der gesamte Erdboden war voller geschäftigen Lebens und es schien ihr einmal mehr, dass diesem immensen Antrieb ein tieferer

Sinn zugrunde liegen müsse, der über die bloße Lebenser-
haltungstheorie hinausging.

6

Ermattet vom Arbeitstag, ausgestreckt auf seinem Sofa,
kam Jan Eichmann weder zur Ruhe noch zu irgendeinem
Schluss in ihrem Fall. Sein Kollege Sven hatte ihm heute
bestätigt, was er bereits befürchtet hatte, sie mussten von
vorne anfangen oder aufgeben. Was brachte jemanden, der
einen Mord plante, auf den Gedanken, diesen auf dem An-
rufbeantworter der Familie K. anzukündigen? War es ein
Perverser? Sie hatten anfangs ebenfalls die Idee eines
Auftragsmordes verfolgt, für die sich später kein Anhalt
geboten hatte. Der für Jan Eichmann und seine Kollegen
verdächtige Ehemann (der einzige, bei dem sie ein Motiv
für die Tat ableiten konnten) litt seit Wochen an einer ein-
seitigen Gesichtslähmung, von medizinischer Seite bestätigt, die seine Artikulation spezifisch veränderte. Er kam
als Anrufer zu dem Zeitpunkt des Mordes nicht in Frage, da
eben diese Veränderung – die verwaschene Aussprache und
die entstellten Zischlaute – bei dem Anrufer gefehlt hatten.
In Frage kam natürlich, dass er anrufen lassen hatte, aber
auch das erwies sich als wenig wahrscheinlich. Die Stimm-
analyse, die tatsächlich Ähnlichkeiten aufgewiesen hatte,
brachte keine Klärung. Keine sonstigen Anhaltspunkte.

In einem Waldstück außerhalb der Stadt war die Leiche
der Frau K. schließlich gefunden worden. Tagelanger hef-
tiger Regen hatte mögliche Spuren gelöscht. Es schien, als

wäre der Mord von Geisterhand ausgeführt. Einfach zum Verzweifeln. Bei den endlosen Befragungen der Angehörigen, Freunde, Kollegen und Nachbarn drehten sie sich im Kreise.

Ein Gefühl der Ohnmacht und der Sinnlosigkeit beschlich Jan Eichmann erneut, besonders, wenn er an das Wochenende dachte, das sich vor ihm dehnte wie eine endlose Folge seelischer Torturen.

Er hätte in den Garten gehen können, um sich dem kühlenden Schatten des großen Nussbaumes zu überlassen, an etwas Schönes zu denken. Woran? Woran dachte man, wenn man Menschen Taten überführen musste, die so ungeheuerlich wie unglaublich waren?

Die Abgründe, in die er, achtundvierzigjährig, im Laufe seines Berufslebens geblickt hatte, hatten sein Menschenbild reichlich beschädigt, seinen Glauben an das Gute (Was war das Gute?) in Mitleidenschaft gezogen, seine Möglichkeit, vorbehaltlos zu lieben, eingeschränkt oder die Bereitschaft dazu erheblich gedrosselt. Sie verliehen allem Großen und Schönen einen Anstrich von Realitätsferne und Verlogenheit, ließen sämtliches Streben nach Idealen lächerlich erscheinen. Und doch hatte er sich der Wahrheit halber nie lösen können von seiner Suche danach, die der tief in ihm verwurzelten Sehnsucht entsprang, der Sehnsucht eines emotional gebildeten Menschen.

7

Wieder streifte Cara seine Erinnerung. Sie war es gewesen, die ihn davor bewahrt hatte aufzugeben. Sie war sein Licht und der Grund, weshalb er an dieser Front kämpfte.

Er konnte im Nachhinein den Zeitpunkt nicht bestimmen, zu dem die ersten Wolken am Horizont aufgetaucht waren. Irgendwann hatte er ihre Unzufriedenheit gespürt. Zuerst war es die Zeit, die er für sie seines Berufes wegen nicht hatte, später waren andere Dinge hinzugekommen. Immer häufiger hatte sie ihm Vorwürfe gemacht, es war zu Streitigkeiten gekommen. Er hatte sich Kinder gewünscht, sie nicht. Ein ums andere Mal hatte er sich gefragt, was er tun könne, sie zu versöhnen, ohne den Anlass ihrer Verstimmung so recht zu erraten. Vielleicht war es die Summe kleiner Verletzungen, gesammelt und zu einer Mauer zementiert, gegen die er vergeblich anzurennen suchte. Ihre ständige Frustration hatte sich wie eine Säure in das Fundament ihrer Beziehung gefressen.

Er hatte ihren Stimmungen so entsetzlich hilflos gegenübergestanden, hatte sich nicht wehren können, weder gegen berechtigte, noch gegen unberechtigte Vorwürfe. Irgendwann hatte er verstanden, dass sie zu dritt waren, sie hatte sich bereits getröstet.

Was tat man mit einer Frau, die einem erst zeternd, später dann lächelnd den Boden unter den Füßen stahl? Er konnte nicht reagieren, wie man es Männern gegenüber tat, mit einer kräftigen Anfuhr oder zur Not auch handgreiflich. Zwischen Männern wäre in der Regel die Luft danach gereinigt gewesen. Mit Frauen war alles endlos komplizierter.

Er hatte sich wie ein Spielball in ihren Händen gefühlt. Cara hatte es geschafft, ihn so weit zu treiben, dass er tatsächlich zuweilen zwischen dem Wunsch, sie anzuschreien, zu schütteln und dem Wunsch, sie zu umarmen, hinund her gerissen wurde. Am Ende hatte er weder das eine noch das andere vermocht.

Als sie ihn schließlich verließ, war er wochenlang völlig stumpf gewesen. Er hatte angefangen, ziemlich viel zu trinken, bis es Ärger mit seinen Kollegen gegeben hatte. Da war er wach geworden und hatte mit dem Trinken aufgehört. Trotzdem hatte er das Gefühl, dass sich dadurch nichts verbesserte, dass es erst jetzt richtig bergab ging mit ihm, dass er ausbrannte.

Die leere Wohnung erdrückte ihn, aber er verschloss sich seinen Freunden, die ihn anfangs noch regelmäßig besuchten, zunehmend. In letzter Zeit waren die Besuche fast ganz abgerissen und er wusste, dass es an ihm lag.

Cara vermisste er inzwischen nicht mehr, ungeachtet dessen war sie durch niemanden ersetzt worden, der ihm in der folgenden Zeit die Motivation, den Antrieb geliefert hätte. Er war so nachhaltig verunsichert, dass ihn zu große Nähe peinigte. Die Depression bohrte sich durch alle Bereiche seines Lebens. Den Gedanken, einfach Schluss zu machen, hatte er in letzter Zeit des Öfteren gestreift, war aber nie bis zu dessen Vorbereitung vorgedrungen. Er existierte trotzdem in seiner Vorstellung als möglicher und tröstlicher Ausweg.

Er hatte erwogen, dass die Versetzung in eine andere Abteilung für ihn vielleicht eine Möglichkeit sei, wieder Fuß zu fassen, hatte die Idee jedoch immer wieder verworfen. Selbst dazu fehlte der Antrieb.

Das wird schon wieder, hatte sein Freund und Kollege Sven ihn zu trösten versucht, aber es wurde nicht.

8

Sonntag. Tanja war durcheinander. Ging alles von vorne los?

Ihre Tochter, die sie heute Vormittag überraschend besucht hatte, war ihr auffällig erschienen. Sie hatten es sich gemütlich machen wollen, aber Laura schien sich auf kein Gespräch einlassen zu können, sie schweifte ständig ab, blieb nicht zwei Minuten auf einer Stelle sitzen.

Drogen? Tanja hatte versucht, in Lauras Augen zu lesen, war sich nicht sicher gewesen. Vorsichtig hatte sie sie darauf angesprochen, worauf Laura sehr verstimmt reagiert hatte. Der Tag, der so schön zu werden schien, war verdorben. Laura war nach zwei Stunden wieder gegangen, was sie ohnehin vorhatte, aber Tanja würde sich für den Rest des Tages sorgen. Sie bedauerte es, die Stimmung ruiniert zu haben. Hätte sie andererseits nicht reagiert, wäre sie nicht glücklicher gewesen.

Laura hatte ihr zwei Ölbilder gebracht, die sie gemalt hatte, und Tanja war wie immer beeindruckt von ihrem Talent gewesen. Nachdem sie sie mit Rahmen versehen hatte, wirkten sie fantastisch. Sie suchte nach einem Platz, fand schließlich einen neben dem alten Sekretär im Wohnzimmer, wohingegen sie das andere über dem Klavier anzubringen suchte. Dort stürzte es ab und fiel dahinter. Sie erschrak, zwängte sich in den schmalen Spalt zwischen

Wand und Instrument, konnte mit ihrer Hand jedoch das Bild nicht erreichen. Staubflusen hafteten an ihrem Shirt.

Sie versuchte anschließend, das Klavier aus der engen Nische zu bewegen, es gelang ihr ebenfalls nicht. Dabei konnte sie sich entsinnen, dass es ihr einmal geglückt war, als ein Notenheft dahinter gefallen und stecken geblieben war. Sie gab nach einiger Zeit auf, lief ziellos durch die Wohnung, unentschlossen, abwesend.

Dann dachte sie an ihren Nachbarn, Herrn Eichmann. Sie hatte ihn gestern, vor seinem Blick durch eine Konifere geschützt, in seinem Garten gesehen. Die Art, wie er sich bewegt hatte, sein Verharren, die Unschlüssigkeit, mit der er sich schließlich wieder seinem Haus zugewandt hatte, hatten etwas Verlorenes, Tieftrauriges gehabt, das sie anrührte. An irgendetwas war sie dadurch erinnert worden. Woran?

Vielleicht war das auch der Grund, weshalb sie sich entschloss, ihn um Hilfe beim Vorrücken des Klaviers zu bitten, als sie sich später begegneten. Er zeigte sich sofort bereit, ruhig, ernst. Es dauerte keine zwei Minuten, das Bild hatte keinen Schaden genommen, auch das Holz des Rahmens war unversehrt geblieben. Er nickte kurz, als sie sich freundlich bei ihm bedankte.

Sie behielt das dunkle Grau seiner Augen, die den ihren begegnet waren, bevor er sich zum Gehen wandte.

9

Aus dem Fenster blickend, hatte er sie sofort bemerkt, lesend auf einer Decke, mit einem knappen Bikini bekleidet. Justament als er glaubte, den Verlust Caras verwunden zu haben, war Tanja Lenz in den benachbarten Bungalow gezogen und trat seitdem seinen Gleichmut mit Füßen.

Man konnte sie schwerlich übersehen, allgemein nicht und auch der Haarfarbe wegen nicht, die ihm symbolisch schien für die Art der Liebe, die diese Frauen zu wecken imstande sein würden. Sie würde nicht wärmen, sondern verbrennen, ließ Asche zurück, die in alle Winde zerstob, löschte aus, raubte den Verstand.

Tränen der Wut stiegen in ihm auf, weil sie begonnen hatte, seine Fantasie zu beherrschen, Verlangen schürte, ihm Schmerzen bereitete.

Sie war die Versinnbildlichung dessen, wogegen er sich wehrte. Frauen wie sie sahen perfekt aus, lachten fröhlich, führten die Männer an der Nase herum, hatten nie Leid erfahren.

Nie wieder würde er so etwas wie mit Cara durchstehen wollen. Cara mit den hochhackigen Schuhen, die das Parkett malträtierten. Cara mit den kurzen Röcken, die sie nicht mehr seinetwegen getragen hatte. Cara mit den nie abreißenden Wünschen und Ansprüchen. Im Nachhinein hatte sie sich auf diese Merkmale reduziert, wenn er sich ihrer entsann. Trotzdem hatte er sie zärtlicher geliebt als Luisa, mit der er vor Cara liiert gewesen war. Diese Beziehung war nur von kurzer Dauer gewesen. Luisa gehörte zu den Frauen, die verbissen die falsch verstandene Emanzipation auf ihre Fahne geschrieben hatten, Auge um Auge,

Zahn um Zahn, dabei aber die Rechte ihrer so bekämpften Antipoden gerne aus dem Blickfeld verloren. Eine Art Vergesslichkeit, nahm er an. Luisa hatte es sich und ihm nie verziehen, dass sie verliebt gewesen war, Schwäche gezeigt hatte.

Soviel war sicher – ihm kam keine Frau mehr über die Schwelle. Dass er sich das erst schwören musste, ärgerte ihn genau wie die Tatsache, dass er trotzdem nicht ohne Frauen auskam.

Als Frauenfeind würde er sich nicht bezeichnen. Es war eher so, dass er sie inzwischen fürchtete. Sie hatten ihn immer wieder in der Hand, wenn er am verletzlichsten war, sich nach einer Umarmung sehnte. Er konnte sie tagelang ignorieren, manchmal wochenlang, aber irgendwann würde er nicht anders können, eine von ihnen würde ihren Fuß auf seinen Nacken setzen, während er für einen Abend ihren Reizen erliegen würde.

Was war es, das ihn zum erbittertsten Feind seines Bedürfnisses nach Zärtlichkeit machte? Warum fühlte er sich nach Cara immer betrogen?

Er verharrte ungewollt, sah Tanja Lenz' schönes Gesicht, erinnerte sich an die großen grüngrauen Augen, deren lange, dunkle Wimpern einen Bogen beschrieben und am Oberlid fast die Augenbrauen berührten. Sah die sinnlichen Lippen. Sein Mund öffnete sich, ohne dass er es wahrnahm.

Jetzt stand sie auf – was hinderte ihn, den makellosen Körper zu ignorieren, der dem einer Zwanzigjährigen entliehen schien?

Zum Teufel!, fluchte er innerlich und wandte sich brüsk ab, versuchte, die Verkrampfung zu lösen, die sich seiner bemächtigt hatte.

An diesem Abend ging er aus, war auf der Suche.

Die Frau, mit der er in dieser Nacht das Bett teilte, ähnelte in keiner Weise seiner Nachbarin. Ungeachtet dessen schob sich deren Bild ständig vor sein inneres Auge und es war gegenwärtig, als er zum Höhepunkt gelangte.

Verflucht!, dachte er und versuchte, zärtlich zu sein. Was konnte diese Frau hier für sein Dilemma?

10

Der Tag lag faul auf der Lauer.

Wärme lastete unbeweglich, die Nacht hatte kaum Abkühlung gebracht.

Tanja dachte sich die See hinter den Baumwipfeln, hörte ihren Gesang, schmeckte Salz, Freiheit, Wind, wo in Wahrheit Feld war, vertrocknende Erde. Manchmal half es.

Obgleich die Temperaturen jede Aktion als unzumutbare Härte erscheinen ließen, hatte sich Tanja auf den Weg gemacht, ihre Tochter zu besuchen.

Laura wurde seit Tagen von einem Mann aus ihrem Nebenhaus provoziert, indem er sie anstarrte und Grimassen schnitt. Manchmal hatte Laura den Eindruck, er warte auf sie. Auch war es ihr vorgekommen, als habe er an ihrem Fahrrad manipuliert.

Peter hatte Laura geraten, sich ruhig und höflich zu verhalten, die Attacken ihres Nachbarn zu ignorieren. Möglicherweise handelte er krankheitsbedingt so, und es wäre in diesem Falle nicht klug, gereizt zu reagieren.

Trotz schlecht stehender Chancen für eine Begegnung

wurde Tanja auf dem Rückweg von einem gemeinsamen Cafébesuch von Laura in die Seite geknufft.

»Das ist er«, flüsterte diese.

Tanja blickte verstohlen auf einen gut aussehenden Herren, der Laura freundlich grüßte. Laura erwiderte den Gruß.

»Das ist der Mann, der dich ärgert?«, wunderte sich Tanja.

»Er verstellt sich, weil du bei mir bist.«

Für einen Moment überlegte Tanja, ob sie umkehren und ihn ansprechen solle, verwarf den Gedanken jedoch sofort wieder. Was hätte sie sagen können, ohne die Situation für ihre Tochter zu verschärfen? Sie beschloss, noch abzuwarten und verabredete mit Laura tägliche Anrufe.

II

Das sanfte Sommerwetter hatte sich in den August hinübergerettet. Hohe dörrende Wiesen boten flüchtenden Feldhasen Schutz, ein Fasan ließ beim Auffliegen seinen markerschütternden Schrei ertönen. Am Ende des Feldweges hatte sich ein ganzer Pulk laut zwitschernder Spatzen in einem Busch zur Versammlung eingefunden, während Tanja Lenz ihre vorher rasende Fahrt auf dem Fahrrad drosselte. Sie guckte träumend in die rosafarbenen Wolken, die am entflammten Himmel trieben und den Morgen unwirklich erscheinen ließen. Der Mond hatte den Anbruch des Tages verschlafen und döste am Firmament.

Ihre Tochter Laura, an die sie unwillkürlich dachte,

schien mit ihrem Lehrausbilder, der konsequent und freundlich, dabei selbst noch sehr jung war, gut auszukommen. Außerdem hatte Laura seit zwei Wochen einen Freund, der Tanja den Eindruck eines freundlichen, offenen und zugewandten jungen Mannes vermittelte. Der Mann aus dem Nachbarhaus, der Laura geängstigt hatte, schien sich beruhigt zu haben. Wenn Tanja nicht nach ihm fragte, erwähnte Laura ihn überhaupt nicht mehr.

Im Park angelangt, sah sie zwei Raben beim Plündern der Papierkörbe. Auf der Suche nach Essbarem hatten sie Papiertaschentücher, Tüten, eine Bananenschale, Bonbonpapier und Plastikbecher auf dem Boden verstreut. Sie erinnerte sich schmunzelnd daran, wie empört sie vorher über diesen Vandalismus gewesen war, bis sie die wirklichen Täter ertappt hatte.

Kurze Zeit später gelangte sie auf die endlos lange Alleestraße, benutzte des dichten Verkehrs wegen den Bürgersteig zum Fahren, bog anschließend wie immer verkehrt in die Einbahnstraße ab, passierte nach Überquerung einer weiteren Straße einen geschützten Hof, gegenüber dessen Ausganges sie die Ärztevilla wusste.

Sie schweifte ab zu Jan Eichmann, ihrem unzugänglichen Nachbarn, den sie heute Morgen beinahe umgefahren hätte. Ihre flüchtigen Begegnungen unterschieden sich wenig voneinander, sie sahen sich auch ebenso selten wie sonst, aber Tanja versuchte, besonders freundlich zu sein. Das einsame Bild von ihm, als er vor einiger Zeit so verloren in seinem Garten stand, ebenso wie seine ruhige, selbstverständliche Hilfeleistung beim Bergen des Ölbildes hinter dem Klavier, hatten etwas verändert. Aus dem Vergessen aufgetaucht, irritierte er sie zunehmend. Jemand wie er war ihr nie begegnet. Wenn er sich flegelhaft benommen hätte, wäre sie inzwischen fast erleichtert gewesen, dann hätte sie ihn einstufen können und sich abgewandt – aber er war immer höflich, dabei jedoch absolut distanziert.

Und er hörte Beethoven. Aus seinen geöffneten Fenstern hatte Tanja gestern Abend die wundervollen Klaviersonaten vernommen, unter denen sie die »Pathetique«, die »Appassionata« und die »Mondscheinsonate« erkannte. Sie hatte sich, wie gebannt auf ihrer Terrasse verweilend, völlig dem Genuss des Zuhörens hingegeben, hatte sich unendlich traurig während des sanft träumerischen Eingangssatzes der Mondscheinsonate gefühlt und im dritten Satz, dem Presto, eine förmliche Revolution der Gefühle erlebt.

Das also war er auch, ihr Nachbar.

12

Der Tag ließ sich chaotisch an. Die gesamte Sprechstunde hatte sich wegen eines Notfalls am Morgen um Stunden verschoben. Im Wartebereich saßen noch verängstigte Patienten mit depressiven oder psychotischen Störungen und ein älterer Herr mit einer Parkinsonerkrankung, während bereits einer von zwei Insassen eines Schwerbehindertenheimes für Turbulenzen sorgte. Er stapfte und tobte – allerdings in bester Laune – laut artikulierend und juchzend hin und her, indes die begleitenden Betreuerinnen ihn zu dämpfen suchten. Der andere junge Mann schaukelte unablässig in seinem Rollstuhl vor und zurück. Aus diesem

Grund wurden die Patienten, bei denen eine Hirnstromableitung vorgesehen war, in der Anmeldung abgefangen und auch dort platziert, weil der entsprechende Funktionsraum in deren Nähe lag.

»Hier sieht' s aus wie auf 'ner Massenkundgebung«, äußerte ihr Chef, Herr Herbst, als er zu ihnen steuerte, um eine Anordnung zu treffen. »Muss so etwas nicht angemeldet werden?« Er war Mitte Vierzig, mittelgroß, hatte grau meliertes Haar und ein kluges, sympathisches Gesicht mit Grübchen in den Wangen. Wie fast immer war er gut gelaunt und vor allem unbeeindruckt von allem Tumult. Mit einem Blick, der soviel sagte wie »Wir schaffen das!«, blinzelte er ihnen aufmunternd zu und verschwand mit dem nächsten Patienten in seinem Sprechzimmer.

Tanja empfand ihn als einen Glücksfall für ihre Klientel, aber auch für Silvia und sich selbst.

Im Verlauf der nächsten Stunden hatten sie zeitlich gut aufholen können, damit war es ihnen wieder möglich, sich mehr um Einzelne zu kümmern, wie zum Beispiel um eine junge Frau, die sich ohne Begleitung nicht mehr auf die Strasse traute, deren Leben permanent von Angst bestimmt wurde. Rein äußerlich hätte bei ihr niemand eine Störung dieser Art vermutet. Sie war auffallend gut gekleidet, ihr Blick hatte sogar etwas Selbstbewusstes, dagegen sprach ihre Haltung eine andere Sprache. Silvia und Tanja gingen freundlich auf sie ein und versuchten, sie von der Wartesituation abzulenken, die sie schwer auszuhalten schien.

Die Tür zur Anmeldung öffnete sich erneut. In vereinter Ungläubigkeit weiteten sie die Augen in der Hoffnung, einer Täuschung aufgesessen zu sein. Dem war nicht so.

Der so genannte »Tresenkleber« war mit dem ihm eigenen Gespür für unpassende Momente erschienen. Er war ein kleines Männlein mit forschen Gesichtszügen, strotzend vor Vitalität und Durchschlagkraft. Sein fast fehlender Hals wurde von einem Schlips gewürgt, dessen auffällig schreiendes Motiv jeden Stier zum Angriff bewegt hätte.

Kaum, dass er den Türbereich überwunden hatte, entwickelte er eine ungeheure Affinität zum Tresen, wo er festzukleben schien und sich nur schwer wieder löste.

»Das Grauen hat viele Gesichter«, raunte Silvia Tanja zu. Die verschwand daraufhin hinter dem Karteischrank, der ihren Privatbereich abtrennte. Dort ließ sie ihr mühsam unterdrücktes Lachen frei.

»Tanja?«

»Gleich!«

»Augenblick!«, hörte sie Silvia jetzt gedehnt ihren aufdringlichen Besucher zum Warten auffordern. Dieser hatte jedoch, unbeeindruckt von deren Einwurf, seine Utensilien auf der Ablage verteilt, kommentierte bereits deren Verwendungszweck oder Inhalt und hatte so eine vor ihm Wartende abgedrängt.

Sprechfutter, mutmaßte Tanja halbwegs amüsiert.

Kein Mensch wusste, für welche Firma er unterwegs war, weil es niemanden interessierte. Sie hatten sich bisher nicht die Mühe gemacht, den Stempel auf seiner Legende zu entziffern, während er mit dem tausendsten Kochbuch, dem tausendsten Geräusche fabrizierenden Kuscheltier oder dem tausendsten Portemonnaie zu ihnen vorgedrungen war und weder durch Misserfolge beim Absatz seiner Waren, noch durch Erfolge von mindestens viertelstündigem Referieren abzubringen war. Ein Feuerwerk an Sprechdurchfall.

Jedes Mitleid mit ihm wurde schon im Ansatz unter seiner Dreistigkeit und seinem Redeschwall begraben.

Diesmal wurde Silvia energisch und Tanja, die sich wieder in der Gewalt hatte, kam ihr zu Hilfe.

13

Zurück durch den schützenden Hof, hinüber zur Einbahnstrasse – jetzt in vorgegebener Richtung –, Abbiegen in die Alleestraße, wo der monoton rauschende, murmelnde Verkehr nur hin und wieder durch das donnernde Stakkato eines LKW-Anhängers oder das Knattern eines Motorrades übertönt wurde. Hinein ins Märchenland. Der gesamte Himmel über dem Park wurde von Hunderten bunter Drachen bevölkert.

Sommerdrachenfest.

Was für ein wundevolles Spektakel. Die Menschen schauten fasziniert, träumten, Erwachsene wurden zu Kindern. Ein fröhliches Stimmengewirr lag über allem. Es schien, als wären die Sorgen von der Welt getilgt.

In unglaublicher Vielfalt konkurrierten farbenfrohe, vielgestaltige Fluggebilde in luftiger Höhe. Ein besonders großer, grüner Octopus lenkte die Augen immer wieder auf sich, legte seinen Kopf abwechselnd auf die linke und rechte Seite, als gelte es abzuwägen, ob der Wind ihn zu tragen imstande sein würde. Seine acht Tentakel flatterten teils lockend, teils warnend und nahmen zeitweise Tuchfühlung mit einem unter ihm schwebenden Kleindrachen auf.

Tanja schaute hingerissen zu, bevor sie sich ans Weiterfahren machte. Wie schön das Leben sein kann, dachte sie und sah im gleichen Moment Peter vor ihrem inneren Auge. Voll die Einfalt, hätte sicher sein Kommentar gelautet.

Auf dem Feldweg kam ihr das Auto des Kneipenwirtes entgegen. Das kleine Kneipchen lag zwei Querstrassen von Tanjas Bungalow entfernt. Hin und wieder kaufte sie dort Dinge, die sie in der weit abgelegenen Kaufhalle vergessen hatte. Alex ließ sie meist so schnell nicht wieder gehen. Er war um die Dreißig, wendig, unterhaltsam und immer guter Dinge. Mit ihm zu reden machte Spaß, vorausgesetzt, dass keine Betrunkenen im Raum waren. Die mied Tanja wie die Pest.

»Tanja, wieso sehe ich dich gar nicht mehr?«, fragte er mit vorwurfsvoll gerunzelten Brauen. Er hatte dunkelbraune Haare und fast schwarze Augen.

»Bist du spontan erblindet?«, lächelte sie.

»Hallo, ist da jemand?«, reagierte er sofort und blickte suchend in der Gegend umher und durch sie hindurch. »Mal im Ernst, brauchst du nicht mal wieder Streichhölzer, du musst die letzten doch längst aufgegessen haben.«

»Deine schmecken nicht, ich esse die mit grünen Köpfen lieber.«

»Die mit roten sind aber besser fürs Blut.«

»Jaa, dat sech du ma, un ich glaub dat auch noch, Knalleejr!«, kopierte sie jetzt eine Dame, die aus dem Mecklenburgischen auf Alex' Nachbargrundstück gezogen war.

»Ehe ich' s vergesse, übernächsten Freitag im Kneipchen, so gegen achtzehn Uhr? Kommst du?«

»Gern.«

»So flieg dahin, du schöner Schwan.«, verabschiedete er sich.

»Gemein, mir das zu wünschen, ich schick dir die Arztrechnung«, lachte sie und stieg auf ihr Rad.

14

Das Telefon klingelte.

»Gehen wir heute oder gehen wir nicht?«

Am Apparat war ihre Freundin Sonja Felgentreu, eine ambitionierte und talentierte Kunstfotografin, der die Stadt bereits einige Bücher mit wunderschönen Veduten und zahlreiche gut besuchte Ausstellungen verdankte. Wenn Sonja unter großen Termindruck geriet, half Tanja ihr ab und an bei den Fotomontagen.

Sonja war hoch gewachsen, platinblond und ein Ausbund an Energie. Sie besuchten gemeinsam den vierten Volkshochschulkurs. Zuerst hatten sie Yoga belegt. Ihre damalige Gruppe hatte sich aus unglaublich humorlosen, lernbesessenen und gesundheitsgläubigen Exemplaren rekrutiert, so dass Sonja und sie sich in Lachkrämpfen gewunden hatten. Diesen Kurs mussten beide in Folge ausgeprägten Zwerchfellkatarrhs vorzeitig beenden. Am letzten Tag hatten sie aus Dankbarkeit dem erbittertsten Fanatiker die Straßenschuhe vor dem Ruheraum mit Sofortkleber an die Wand geheftet. Und los!

Später hatten sie einen Kunstkurs, einen Literaturkurs und nach reiflichem Überlegen, was sie in nächster Zeit nicht benötigen würden, den jetzigen Italienischkurs in Angriff genommen.

Der machte allerdings Spaß, was in erster Linie an dem

echt italienischen, sonnigen und unkonventionellen Vermittler lag.

»Ich würde sagen, wir gehen hin«, ließ Tanja deshalb verlauten.

»Dann hole ich dich ab, einverstanden?«

»Das wäre schön, danke.«

Laura war die nächste Anruferin. Sie bat Tanja, ihr den Hefter zu bringen, den sie am Wochenende bei ihr vergessen hatte. Tanja versprach ihn ihr am nächsten Tag nach der Arbeit.

»Wie lange schwimmt ein Toter, bevor er wieder untergeht?«

»Wie bitte?«

»Ich frage nur.«

»Was fragst du …? Wie kommst du auf so etwas!«

»Ach, es ist nichts, ich habe es gelesen.«

Als Tanja später aus ihrer Terrassentür trat, bemerkte sie Maunzi, eine dreifarbige Katze aus der Nachbarschaft, deren Hals ein rotes Lederband zierte und die sie in letzter Zeit häufiger besuchte. Tanja hatte aus diesem Grund immer eine Kleinigkeit zum Naschen für sie parat. Maunzi schnurrte und strich um Tanjas Beine, während diese ihr Fell liebkoste.

Dann machte sie sich für den Abend mit Sonja zurecht.

Wie lange schwimmt ein Toter, bevor er wieder untergeht, dachte sie, halb in Gedanken.

Sie ist eigentlich nett, dachte er bitter. Seiner Eifersucht wegen versagte er sich jeden Gedanken daran, wohin sie wohl unterwegs waren, als sie in Begleitung der Platinblonden das Auto bestieg.

Er wehrte sich auch weiterhin vehement gegen diese neue Sicht, weil sie weder dazu angetan war, ihm Erleichterung zu verschaffen, noch seine Verwirrung zu dämpfen imstande war. Sein Verlangen nach Tanja Lenz empfand er als ständige Bedrohung für seinen Seelenfrieden und er kämpfte verbissen dagegen an.

Was war aus ihm geworden. Wem konnte er in seinem erbärmlichen, gemütsverstopften Zustand noch einen einzigen Stern vom Himmel holen? Er verspürte ein zerstörerisches Bedürfnis, sich mit Alkohol zu betäuben, widerstand ihm jedoch. Zum Teufel, und wenn er ehrlich war, ihretwegen.

Während er vor dem Fenster verharrte, fühlte er einen wütenden Anfall ähnlich einem Trommelwirbel in seiner Herzgegend. Rasch bewegte er eine Hand in diese Richtung, legte sie auf seine Brust, so als könne er dadurch eine Gefahr bannen.

Das Ende, gefürchtet und erhofft zugleich, wer wusste, ob es überhaupt existierte im stetigen Reigen von Entstehen und Vergehen!

Nein, es ging ihm nicht gut, es ging ihm gar nicht gut. Das wenigstens gestand Jan Eichmann sich ein.

*Parli più lentamente, per favore. Va' più adagio, p.f. Ripeta
la Sua risposta ...* Tanja wiederholte die gestrige Lektion.
Sie war nur halb bei der Sache.

Laura hatte ihr heute die Tür nicht geöffnet. Sie hatte sie
gebeten, den Hefter davor abzulegen und nicht böse zu
sein. Alle möglichen Erklärungen dafür hatte Tanja erwogen, keine kam ihr plausibel vor. Zunächst hatte sie sich
nur verletzt gefühlt, aber im Nachhinein beschlich sie eine
diffuse Angst.

Etwas stimmte mit Laura nicht. Es passte nicht zu ihrem
sonst höflichen, freundlichen und aufgeschlossenen Wesen. Warum war sie so verändert? Nahm sie noch Drogen
und wenn ja, welche?

Ein Gespräch mit Peter würde notwendig werden. Vielleicht fand er eher Zugang zu ihr, ihm gegenüber benahm
sich Laura auch weniger gereizt.

Dann klingelte das Telefon. Laura, in freundlich-ent-
schuldigendem Ton, nahm Tanja wieder etwas von ihrer
Sorge, konnte sie jedoch nicht vollständig beruhigen.

An einem nahe gelegenen Teich versuchte Tanja später,
Klarheit zu gewinnen, sich zu entspannen, eine Idee zu ent-
wickeln, wie sie zu Laura vordringen konnte.

Eine Frau, in einem Boot liegend, hatte ihre Beine auf
dessen Rand übereinander geschlagen und rauchte genüss-
lich. Gemütlich, fand Tanja, obwohl sie selbst Nichtrauche-
rin war. Ihr war es auch nicht unangenehm, wenn jemand
neben ihr rauchte, im Gegenteil, sie konnte es genießen.
Sie hörte das Knirschen der Ruder in den Dollen, wenn die
Frau ihre Lage veränderte und so das Boot bewegte.

Versonnen beobachtete sie die Wasservögel, die sich teils auf abgebrochenen Baumästen tummelten oder sanfte Fahrt auf der leicht gekräuselten Teichoberfläche machten.

Ein sich innig küssendes Pärchen am gegenüberliegenden Ufer lenkte ihre Aufmerksamkeit auf sich. Tanja wollte den Blick nicht wenden, freute sich. Es würde ihn immer geben, den Kuss als Konstante – selbst in Zeiten, wo Terror Regie zu führen suchte, wo aus fehlendem Takt Ernstes zur Klamotte geriet, wo Ellenbogen benutzt wurden, »cool sein« angesagt war, der wissenschaftliche Fortschritt sich selbst überholte – der Kuss und der Liebesakt blieben unreformiert, allgemeingültig und verständlich, trennten weder in Arm und Reich noch in Intelligenzgrade. Gott sei Dank!

Plötzlich fühlte sie neuen Mut, auch wenn sie sich nicht sicher war, in welchem Umfang sie eingreifen solle. Laura war erwachsen. Peter hatte Tanja des Öfteren zum Vorwurf gemacht, dass sie ihre Tochter zu sehr behütet habe. Trotz der Gefahr, dass er diese Feststellung wiederholen würde, kam sie nicht umhin, ihn einzuweihen und um Rat zu ersuchen.

Lächelnd registrierte sie, dass der Teich ein anliegendes Haus, die Schwimmvögel, die Bäume, das Pärchen und das Boot auf den Kopf stellte.

17

Manchmal sind es wenige stille Sekunden, die alles verändern, während anderntags Explosionen folgenlos verhallen. Ein Blick aus dem Fenster, der Vorbehalte und Ressentiments zum Einsturz bringt, der zum Sehen zwingt und vieles vorher Gedachte in Frage stellt.

Diese Erkenntnis traf sie wie ein Blitz aus heiterem Himmel.

Jan Eichmann fühlte sich unbeobachtet, hockte vor dem Hund zu seinen Füßen, den er schon einige Male betreut hatte. Wahrscheinlich gehörte er seinem Kollegen.

Sie sah seine schöne Hand, diese besondere, einmalige Art, wie sie sich durch das Fell bewegte, sah seinen vornüber geneigten Oberkörper. Versonnen blickte er vor sich hin, die Augen auf einen imaginären Punkt gerichtet.

Der Mann, der dieses Tier streichelte, war weder uninteressiert noch gefühlsarm, das erkannte sie plötzlich ebenso, wie sich ihr seine Bedrückung mitteilte. Weshalb er sich dermaßen verschlossen hatte, wusste sie nicht. Erstmals hatte sie Interesse daran, es zu erfahren und sich zu kümmern, nicht mehr wegzusehen. Einfach nur freundlich zu grüßen reichte nicht. Ihn zu bedrängen würde ebenso verheerend sein.

Die Verletzung, die er erfahren hatte, schien sich autonomisiert zu haben, seine Depression war nur noch in bedingtem Maße die Folge von Vorausgegangenem, sie war zu einer gleich bleibenden Größe geworden, ihr ordnete sich alles unter, ihr glichen sich die Ereignisse und sein Erleben an.

Jetzt wusste sie wieder, woran sie seine Verlorenheit damals erinnert hatte. Sie hatte es so häufig gesehen in ihrem Beruf. Hier ging ein hochintelligenter Mensch seelisch zugrunde, still und unspektakulär, und er tat es unmittelbar neben ihr – währenddessen sie lachte, Vokabeln lernte, die Tage genoss und sich um ihre Tochter sorgte.

18

Damals, als er noch geraucht hatte, war ihm der Weg vom Parkplatz zum Dienstgebäude nie so deprimierend erschienen. Der quaderförmige, modernistische Bau, hinter dem zurzeit sein noch immer ungelöster Fall und stapelweise Akten lagerten, erdrückte ihn, rief Widerwillen hervor.

Tropfdicke Nässe hing in der Luft, er lauschte dem Widerhall seiner Schuhe auf dem gepflasterten Hof. Ein Kollege grüßte ihn. Jan Eichmann nickte zurück. Eiligen Schrittes lief eine sehr junge Frau an ihm vorbei, lächelte ihn an, versöhnte ihn ein wenig.

Damals hatte er gewusst, dass er abends zurückkehren würde. Zu Cara. Es hatte eine Zeit gegeben, da sie es kaum erwarten konnten, einander zu sehen. Es war müßig zu fragen, was passiert war, diese Dinge geschahen allenthalben, folgten nicht unbedingt dem eigenen Verständnis.

Ihm schien die Möglichkeit, irgendwann irgendwohin zurückzukehren, ein für allemal verwirkt.

Zum Teufel mit diesem Wetter, dachte Jan Eichmann und hörte ein Knirschen, als er die Zähne zusammenbiss.

19

Plötzlich war er darauf gestoßen, wie es gewesen sein konnte. Die Idee war ihm neben ihr gekommen, auf dem Rückweg, nachdem sie seinen Freund Sven mitsamt Hund in seiner Begleitung nach Hause gefahren hatte. Beide sturzbetrunken, hatten sie sich vor Svens Auto einen taumeligen Kampf geliefert. Jan Eichmann hatte per Handy ein Taxi für ihn rufen wollen, aber ständig die Tasten verfehlt. Sven wollte selbst fahren, er hatte versucht, ihn abzuhalten. Später hatte Jan sich zu ihm ins Auto setzen wollen, als Tanja Lenz plötzlich vor ihnen gestanden hatte.

»Meine Herren, wenn zwei sich streiten, fährt am besten die Dritte, ich hoffe, es ist Ihnen angenehm?«, hatte sie freundlich aber bestimmt gesagt, und Sven hatte sich zahm wie ein Lamm von ihr auf den Rücksitz verfrachten lassen. Dort hatte sie ihn fürsorglich angeschnallt und seine plötzlichen Versuche, sie dankbar zu umarmen, abgewehrt. Jan war ihr zu Hilfe gekommen, jedenfalls so gut er konnte, als sie ihn auch schon gebeten hatte, sie zu begleiten. Als Schutz sozusagen.

Ehrensache! So entspannt und betrunken hatte er sich selbst dringend eine Umarmung von ihr gewünscht, sehr dringend sogar. Er hoffte inständig, dass sich ihr das nicht übermittelt habe.

Er erinnerte sich ziemlich genau, obwohl er gerne behaupten würde, dass er sich der Details des gestrigen Abends nicht entsinne.

Sven hatte als Dankeschön für die Hütung seines Cockerspaniels ein schädliches Geschenk mitgebracht, wie er selbst es nannte. Sie hatten es niedergemacht, waren ins Reden gekommen, den Fall erneut durchgegangen, später abgeschweift. Jan hatte eine wunderbare Entspannung gefühlt, je betrunkener er wurde. Schon lange hatte er nicht mehr so viel geredet wie an diesem Abend. Was hatte er alles gesagt? Nicht daran denken! Alles war plötzlich so einfach und klar erschienen, das ganze Leben hatte für ihn wieder einen Sinn, eine Übersicht bekommen.

Die fehlte ihm allerdings heute früh wieder. Bis auf die Tatsache, dass er auf das mögliche Procedere zur Herbeiführung einer Gesichtslähmung gestoßen war.

Ein normales Anästhetikum zur stundenweisen Lähmung – damit zum Arzt, die anschließende Beseitigung der Ehefrau zugunsten der Freundin – abwarten, bis die Wirkung der Spritze abgeklungen war, der anschließende Anruf mit verfälschter Stimme, eine erneute betäubende Spritze und gleichzeitig Botulinum-Toxin. Ein Nervengift, durch ein Bakterium freigesetzt, das inzwischen industriell hergestellt wurde. Es wurde in Nanogramm-Mengen von der Schönheitsindustrie zur Faltenbekämpfung eingesetzt und, wie Tanja Lenz bestätigt hatte, in der Neurologie zur Linderung von Spastiken gespritzt. Sie hatte ihm sagen können, dass die Wirkung etwa nach zwölf bis vierundzwanzig Stunden einsetze und circa zwei bis drei Monate anhielt.

Als Rettungsassistent hatte Herr K. die Möglichkeit, sich die Spritztechniken anzueignen (einschließlich Vermeidung äußerlicher Einstiche) und es konnte auch gelingen, derartige Medikamente zu besorgen. Alles andere passte haargenau.

Raffiniert und doch einfach, wenn man darauf kam. Schwieriger würde sich die Beweisführung gestalten.

Aufstehen und Sven anrufen! Er würde ihn ohnehin abholen müssen, da dessen Auto hier stand. Jetzt erst merkte er, dass ihm übel war. Diese verdammte Sauferei.

Was für einen Eindruck musste es machen, wenn die ermittelnden Kommissare noch halb betrunken zum Dienst erschienen und mit unbelegten Anschuldigungen aufwarteten?

Und dann Tanja Lenz. Sie hatten ihr gestern einiges

zugemutet. Ihm war es unangenehm, dass sie ihn so gesehen hatte, das hatte er immer vermeiden wollen. Hatte sie Angst vor ihm gehabt? Er hoffte es nicht. Ihre Hand hatte sie ihm jedenfalls nicht entzogen auf der Rückfahrt. Nach jedem Schalten in einen neuen Gang hatte sie sie ihm erneut überlassen.

Er wusste noch alles.

Was zum Teufel ... »Verflucht!«, entfuhr es ihm – diesmal laut. War er verrückt geworden? Das war doch wirklich schlechtester Stil!

20

»Ich glaube, du redest dir etwas ein. Ich kann nichts Ungewöhnliches an Lauras Verhalten finden.« Peter hatte sich sofort gekümmert, nachdem ihm Tanja ihre Sorge vorgetragen hatte. Er hatte sie beruhigen können, als er sie später anrief.

Für einen Augenblick hatte sie Sehnsucht nach ihm empfunden – nach ihrer Vertrautheit, die sie vom Ende der Kindheit in ihr Erwachsenenleben transferiert hatten, und nach ihren Gesprächen, ihrem aufeinander abgestimmten Humor. Es war dumm gewesen, sich zu trennen. Sie hätte ihm die Liaison lassen sollen und abwarten, ob sich irgendwann ihre Beziehung wieder aufnehmen lassen würde. Sicher, sie hatten nie die Chance, sich klassisch ineinander zu verlieben, weil sie sich schon als Kinder kannten. Aber sie hatten einander gern gehabt, waren unverkrampft gewesen – und wenn sie ehrlich war und sich umsah bei anderen, so war oft das, was irgendwann nach der anfangs stürmischen Liebe zurückblieb, nicht halb so freundschaftlich wie zwischen Peter und ihr.

21

Sie hatte ihn schon entdeckt, bevor sie ihr offenes Tor passierte. Der Blumenstrauß lag vor ihrer Haustür und sie ahnte, von wem er war.

»Vielen Dank für die Rettung zweier Flegel und Entschuldigung dafür, dass sie nun immer noch da sind.«

Das Begleitschreiben bewegte Tanja ebenso wie der Strauß. Er war bunt und fröhlich. Zwischen vielen Blumen, die Tanja kannte, fielen ihr kleinblütige gelbe Puschelchen auf, die zwischen den größeren regelrecht zitterten, wenn man ihn bewegte. Der Strauß war nicht flüchtig gekauft, das sah sie sofort, er war – sie suchte nach Worten – zärtlich, und ein Lächeln überflog ihr Gesicht. Instinktiv wusste sie auch, dass das begleitende Kärtchen die Handschrift ihres Nachbarn trug.

Der war rührend lieb, wenn er betrunken war.

Sie war durch das Bellen des Hundes alarmiert worden.

Als sie daraufhin die Situation vor dem Auto seines Freundes und Kollegen erfasst hatte, war sie hinausgelaufen und hatte ihre Angst überwunden. Sie hatte nicht die leiseste Ahnung gehabt, wie die beiden Männer reagieren würden auf ihre Einmischung.

Während sein Kollege auf der Rückbank eingeschlafen war, hatte Jan Eichmann sich wach gehalten, sich zusammengerissen für sie. Sie hatte sein Bemühen darum gespürt, hatte gesehen, dass er sich seines Zustandes wegen vor ihr genierte, aber auch, dass er sie nicht im Stich lassen wollte.

Nachdem sie Sven und Benno, den Hund, gemeinsam bis zu deren Wohnung hinaufbegleitet hatten – was Jan Eichmann zunächst nicht angenehm war – hatte er auf dem Rückweg Überlegungen angestellt. Sie konnte erkennen, dass sein Verstand ziemlich unbeeinträchtigt arbeitete, war überrascht davon. Sie nahm an, dass das, was er sie gefragt hatte, in irgendeiner Weise mit einem Fall zu tun hatte, an dem sie arbeiteten.

Sie hätte gerne gewusst, warum er so viel über Botox wissen wollte, sich aber darauf beschränkt, ihm zu antworten, um nicht indiskret zu wirken.

Und plötzlich, unmittelbar nach einem Schaltvorgang, hatte sich seine warme, trockene Hand in ihre gelegt und sie umschlossen. Immer, wenn sie im Folgenden schalten musste – was sie so wenig wie möglich tat – hatte seine Hand die ihre erneut gesucht. Sie selbst hatte er dabei nicht angesehen, sondern auf einen Punkt am Armaturenbrett geblickt.

Sie hatte Mühe gehabt, Kurs zu halten. Einmal, weil ihr nur eine Hand für das Lenkrad blieb, zum anderen, weil sie diese völlig unerwartete Geste seinerseits sehr bewegte. Sie erschien in keiner Weise zudringlich. Ungeachtet dessen wirkte sie intimer als sämtliche Kontakte, die sie je zuvor hatte. Egal, wofür er sich schließlich entschied – was er gab, schien er ganz zu geben. Sie hatte das Empfinden, mehr als Alles zu erhalten, und plötzlich bekam sie ein Gefühl dafür, was die Trennung von seiner Frau für ihn bedeutet haben konnte.

Sie sah erinnernd, wie der Lichtkegel vor dem Auto die beidseitigen Grundstücksbegrenzungen abtastete, als sie in ihren Weg einbog, sah die leuchtenden Augen einer Katze, die in dessen Mitte verharrte, sich dann ohne Eile nach links wandte, um plötzlich in entgegen gesetzter Richtung vor ihnen vorbeizuschießen. Tanja hatte abrupt bremsen müssen, was die Lösung ihrer Hände voneinander zur Folge hatte.

Mit wohligem Schauer hatte sie ihrer beider Häuser in trauter Verschwörung nebeneinander empfunden, als sie ausstiegen. Fledermäuse waren über den Himmel gehuscht. Das Gefühl, alles an einen Traum zu verlieren, hatte sie beschlichen.

Er hatte vor ihr gestanden, wie ein großer Junge, der sich vor Schelten fürchtete, als er sich höflich verabschiedete.

»Schlafen Sie gut, danke und Entschuldigung.«

»Sie müssen sich nicht entschuldigen. Schlafen Sie ebenfalls gut.«

Sie behielt das dunkle Grau seiner Augen und ein Lächeln.

22

Satzhaltige schwarzbraune Flüssigkeit hatte sich um den Fuß seines Kaffeeautomaten verteilt, floss tropfend von der Ablage und bildete Pfützen und Rinnsale auf dem Küchenboden. Der Filter war in sich zusammengesunken, umgeknickt und übergelaufen.

Zum Teufel, dachte er – jedoch ohne den sonstigen Nachdruck, eher verwundert.

Mit mäßiger Hast begann er, das Malheur zu beseitigen, trat anschließend in alter Gewohnheit an sein Fenster. Dort verharrte er wie üblich. Wahrscheinlich hatte er sie heute verpasst. Einen ausgedehnten Moment lang vermisste er den Anblick ihrer rotbraunen Haare, ihre grazilen Bewegungen, ihre Eile. Er presste die Lippen aufeinander.

Das Schlimmste hatte er hinter sich. Die Begegnung danach.

Nach dem Saufgelage mit Sven.

Über die Blumen schien sie sich wirklich gefreut zu haben und sie war freundlich wie immer gewesen. Liebenswert freundlich.

Zu ihm!

Und sie war allein – wie er. Auch darin hatte er sich in ihr getäuscht. Dachte er doch zu Anfang, sie würde Männer meucheln wie eine neunköpfige Hydra. Dabei war sie eher – wie konnte man es ausdrücken – unverdorben.

Dafür etwas spottlustig – manchmal.

Sehr einfühlsam – viele Male.

Atemberaubend – in jedem Fall.

Das Erste, worüber er wieder zögernde Gewissheit erlangte, war, dass es Menschen gab, für die es lohnte, sich zu mühen. Allein, weil sie auf der Erde weilten. Einfach das, das reichte.

Tief aus seiner Seele hatte sich etwas ans Licht gearbeitet, noch angstvoll und taumelnd, noch mit geschlossenen Lidern, aber der Hoffnung verwandt.

Warum war er dann nicht beruhigt?

Lass die Finger von ihr, sie verdient Besseres, mahnte er sich.

Bisher war er überzeugt davon gewesen, dass sie ihm Schaden zufügen würde. Musste er sie nicht eher vor sich beschützen, vor seiner Zerrissenheit?

War das so?

Was wusste er denn!

Sicher, er war misstrauisch, verunsichert, und er kannte den rauschhaften Zustand der Liebe all zu gut – genau wie die Dinge, die sie Stück für Stück zersetzten.

Das Elend, das folgte.

Außerdem war keineswegs anzunehmen, dass ihre Freundlichkeit ihm gegenüber auch persönliches Interesse an ihm als Mann einschloss. Wirklich nicht.

Ach ja – und – ihr Fall war gelöst.

Er hatte Recht behalten mit seinem Verdacht.

Seine Sorge bezüglich der Beweisführung hatte sich als überflüssig erwiesen. Einmal mit Jan Eichmanns Vermutungen konfrontiert – die dieser geäußert hatte, als seien sie bereits bewiesen – war Herr K. zusammengebrochen, hatte gestanden.

Die Kälte, mit der der Ehemann die Tat geplant und durchgeführt hatte, war erschreckend. Umso unbegreiflicher war Jan die Erbärmlichkeit von dessen Haltung während und nach Ablegen des Geständnisses erschienen. Übelkeit stieg in ihm auf.

Nicht daran denken!

An Tanja Lenz denken.

Nein!

Doch.

Lauras Chef war sympathisch. Obwohl er Laura eine Abmahnung überreicht hatte, bemühte er sich aufrichtig um sie. Tanja saß sprachlos vor ihm.

Laura hatte wiederholt die Berufsschule geschwänzt. Die Frage, ob sie auf der Arbeit auffällig sei, hatte ihr Chef verneint. Er zeigte sich im Gegenteil zufrieden mit ihr. Nur reagieren habe er auf diese Verfehlung schon müssen, entschuldigte er sich halb bei Tanja.

Das Büro war nicht groß und sehr freundlich eingerichtet. Die beiden Hunde des Chefs, zwei Golden Retriever, waren immer zugegen, so dass sich Tanja ein angenehmer, geradezu familiärer Eindruck vermittelte. Wie konnte Laura das aufs Spiel setzen?

Die Kolleginnen, die Tanja später sprach, waren allerdings der Meinung, dass Laura sich sehr verändert habe.

Jetzt musste Tanja reagieren. Sie befürchtete, ihrer Erschütterung wegen nicht den richtigen Ton zu treffen, aber was spielte es für eine Rolle im Moment? Gab es dafür den richtigen Ton? Es war wahrscheinlich, dass sie allein der großen Nähe wegen nicht objektiv sein könne.

Später auf ihr Verhalten angesprochen, entschuldigte sich Laura viele Male, sagte ihr, sie solle sich nicht sorgen, sie habe eben nicht gewusst, dass die Folgen so gravierend sein könnten.

Wieder übermittelte sich Tanja das Gefühl, dass Laura keiner Logik mehr folgen könne. Sie hatte ihr sogar gestanden, dass sie der Meinung gewesen sei, ihr Fehlen fiele niemandem auf. Außerdem, so behauptete sie, habe sie ohnehin den »Draht zu den Lehrern«, so dass diese derlei Dinge tolerieren würden.

»Sie tolerieren es doch nicht, Laura, wie kommst du darauf?«

»Ich dachte es aber. Es wundert mich, dass sie es nicht tun.«

Das erste Mal beschlich Tanja neben dem des Drogenkonsums ein zweiter, furchtbarer Verdacht.

»Laura, ich würde dich gerne mit zu Herrn Herbst nehmen, vielleicht hat er eine Idee, warum du so antriebslos bist.«

»Denkst du, ich habe eine Macke? Vergiss es. Ich gehe nicht zu Herrn Herbst, das machst du nicht mit mir!«

Es war die Schroffheit, die Tanja ärgerte.

»Also gut, jetzt wirst du mir bitte beweisen, dass du keine Drogen nimmst, und zwar sofort!«

Tanja spielte eine Rolle, sie wusste es. Sie gab sich unnachgiebig streng. Dabei hatte sie die Gewissheit, in Wirklichkeit gar nichts ausrichten zu können, wenn ihre Tochter sich weigerte. Hinzu kam die Angst, ihr wieder gutes Verhältnis zu gefährden.

Offenbar hatte Laura sich aber von ihrem ungewöhnlich harten Ton überrumpeln lassen. Sie kam aus ihrem Bad, mit feuchten Augen und einem Becher warmer, heller Flüssigkeit, die Tanja in ein Schraubglas umfüllte. Laura schien verstört und furchtbar verletzt. Es war Tanja, als hätte sie soeben den Rest des Vertrauens zwischen ihnen in ein Behältnis gebracht, um es durch ein Labor analysieren zu lassen. Ein komischer Gedanke, sehr schmerzlich zudem. Tanja verabschiedete sich deshalb nicht sofort von ihr, sondern fand einige versöhnliche Worte. Laura ließ sich von ihr umarmen.

Ein klammes, angstvolles Empfinden mischte sich in Tanjas Liebe zu ihrer Tochter.

Wie Leid ihr später dieser Tag tun würde, konnte Tanja zu diesem Zeitpunkt nicht ahnen.

24

Sie hatte ihn angesprochen, leise, sich für die Blumen zu bedanken, und er war zum Gartenzaun gekommen, das Gesicht steinern, seine Augen nicht. Dann ein Lächeln, schon im Ansatz wieder verschwunden, fast ängstlich.

»Ich weiß«, hob sie daraufhin an, »dass ich Ihre Harmonie störe und dass Sie mich in der Regel weit weg wünschen. Sicher haben Sie einen Grund dazu. Aber ich kenne ihn nicht, und es macht mich traurig, dass Sie mich ablehnen.«

Die ganze Zeit hatte er sie angesehen, sie hätte sagen können, dass sein Ausdruck gewechselt habe, etwas in seinen Augen hatte gewechselt.

»Nein, so ist es nicht«, hatte er erwidert, »es ist nicht, wie Sie glauben.«

Er war unschlüssig stehen geblieben, sie hatte in sein kluges Gesicht geblickt, hatte seinen Zwiespalt, sein Malaise gefühlt. Sie hatte gewartet, aber es kam nichts mehr.

»Machen Sie sich keine Gedanken«, hatte sie deswegen lächelnd gesagt, »es ist gut damit.«

»Verzeihen Sie bitte.«, und über den Zaun, zögernd, hatte er ihr die Hand gereicht. Wieder war es ihr erschienen, als habe er mit dieser Hand sich selbst gegeben.

Alex saß an einem der Tische des Kneipchens und schrieb etwas auf ein Blatt grauen Papiers. Neben ihm saß seine Frau Meli, eine leicht füllige Schönheit mit hellblauen Augen und einem spitzbübischen Lächeln.

Der Raum war sonst leer, kein Gast war anwesend.

Beide sprangen auf, Tanja zu begrüßen, wonach Meli sich entschuldigen ließ, weil im Obergeschoss noch Arbeit auf sie warte.

»Wir schwatzen am Freitag, Tanja, versprochen«, sagte sie herzlich und blinzelte ihr zu.

»Was schreibst du da?«, wandte Tanja sich an Alex. »Bereitest du die Rede für Freitag vor?«

»Das hättest du wohl gerne! Worüber sollte ich wohl reden?«, lachte er.

Tanja überlegte kurz.

»Du könntest über die Rolle der Bedeutung unter der Voraussetzung der Bedingungen sprechen.«

»Verstehe, zur Verwendung der Inanspruchnahme.«

»Darüber, ja!«

Tanja hatte Alex und Meli von Anbeginn in ihr Herz geschlossen. Besonders durch sie war es ihr leicht geworden, sich hier einzuleben. Von Anfang an hatten sie den Kontakt zu ihr gesucht, wenn sie ins Kneipchen kam. Beide waren witzig und aufgeschlossen. Was Tanja aber besonders anzog war ihre unaufdringliche Kameradschaftlichkeit und die Tatsache, dass sie Dinge für sich behalten konnten. Nie in der ganzen Zeit hatte Tanja Bemerkungen über andere Gäste oder Nachbarn vernommen. Alex und Meli waren absolut loyal.

Einmal aller halben Jahre, so hatte Tanja erfahren, gaben sie für interessierte Anwohner ein Essen aus, so dass man nur für die Getränke zahlte. Dafür baten sie um einen Obolus für das nicht weit entfernt liegende Tierheim und hatten Tanja damit restlos für sich eingenommen.

Jetzt brannte ihr jedoch etwas auf der Seele.

»Alex, ich möchte dich um etwas bitten.«

»Bist du wahnsinnig, meine Frau ist in der Nähe!«, witzelte er. Dann hörte er jedoch zu …

Er küsste sie auf die Wange.

»Im Ernst, ich bedaure eigentlich, es nicht schon versucht zu haben.«

»Versuche es, Alex. Und danke.«

26

Nebelig stieg der Tag empor. Der Himmel wirkte wie das gelbgraue, verrottete Tuch eines Bühnenbildes, unter dem die Welt auf Zimmergröße geschrumpft war. Seitlich des Feldweges, halb im Dunst versunken, gruben sich Bagger und Bobcats ins Gelände, sie lärmten und surrten in ungleichmäßigem Rhythmus. LKWs kippten Sandberge auf. Große Kräne schwenkten mit unmissverständlicher Drohgebärde endlos lange Arme über vereinnahmtes Terrain.

Ein Stück Idylle wurde geopfert, der Lebensraum der Menschen erweitert, der der Tiere eingeschränkt. Jetzt kommen wir, packt euch! Tanja überlegte, wo die Feldhasen und Fasane bleiben würden, denen sie früh so oft begegnet war. Sie fühlte sich verstimmt.

Vom hohen Gestänge einer Parkbogenlampe beobachtete ein Bussard das ferne Geschehen.

Bevor sie die Alleestraße erreichte, kreuzte eine Straßenbahn ihren Weg. Sämtliche Fenster waren mit spitzen Gegenständen zerkratzt worden. Neben zahlreicher Symbolik wiesen sie mehrreihige, konzentrische Beschädigungen auf. Fast die gesamten Glasscheiben der Wartehäuser und Wartebereichsbegrenzungen lagen zersplittert an deren Randzonen.

Was für ein herrlicher Morgen, dachte Tanja betroffen. Sobald die dunklere Jahreszeit nahte, mehrte sich die enorme Zerstörungslust. Schon mehrfach hatte sie gesehen, dass reparierte Scheiben den erneuten Angriffen nicht eine einzige Nacht standgehalten hatten. Entlang der gesamten Alleestraße waren die steinernen Papierkörbe aus den Verankerungen gerissen. Erst in der Einbahnstraße, entgegen der Fahrtrichtung, bot sich ihren Augen ein vertrautes Bild.

So war sie froh, ihre Drei-Jahreszeiten-Praxis, wie sie von anderen Abteilungen des Hauses betitelt wurde, endlich erreicht zu haben. Edgar Herbst, Silvia Sommer, Tanja Lenz stellen sich dem Psychotag. Ein Blick ins Bestellbuch gab ihnen Gewissheit über die heutige Zusammensetzung.

Sie würden Seite an Seite den Warteraum bevölkern.

Die Stillen, Abgewandten, die Traurigen, Freundlichen – die selten aufbegehrten. Ihr Herz schlug für alle, die es schwerer als andere hatten. Sie hatten viele von ihnen kennen- und achten gelernt. Einige auch betrauert, die von der Masse abgedrängt und überrannt worden waren. Immer hatten sie sich die Frage stellen müssen, ob sie nicht doch mehr Möglichkeiten gehabt hätten, sie zu unterstützen und zu stabilisieren.

Tanja wünschte sich, dass sich ihrer aller Blicke für jene schärfen mögen, die keine Erfolgsmenschen waren, die ihnen aber ebenso viel zu sagen hatten, wahrscheinlich sogar mehr.

Schon öffnete sich die Tür. Es erschien jedoch Herr Sens, der Hausmeister.

»Was macht ein Hund, wenn …«

»Bitte nein! Verschonen Sie uns heute«, bat Tanja ihn lächelnd.

27

Ihre Stimmung war ihr nicht recht erklärbar. Sie schien sich zwischen mehreren Zuständen nicht entscheiden zu wollen.

Lauras Drogenscreening hatte außer einer Spur Cannabinol keine weiteren positiven Parameter enthalten. Darüber wäre Tanja normalerweise erleichtert gewesen, aber eben dieses Gefühl stellte sich nicht ein. Sicher auch deshalb nicht, weil damit die Wesensveränderung Lauras nicht aus der Welt geschafft war.

Tanja hatte ihre Hände um den Griff des Fensters geschlossen und sah sinnend hinaus.

Etwas hielt sie umklammert. Sand war in ihr Getriebe geraten. Die Aktionen mit ihren Freunden vermochten sie nicht mehr über ihr Alleinsein hinwegzutäuschen. Darüber, dass ihr etwas Entscheidendes fehlte und dass sie Sorgen hatte, die ihr zum großen Teil allein anhingen.

Sie hätte aus Frustration ständig essen mögen, versagte

es sich jedoch. Sie hätte sich betrinken wollen, traute sich aber nicht. Manchmal streichelte sie Benno liebevoll, der sich, hin und wieder zu Besuch, schnüffelnd und schnauzend am Gartenzaun orientierte. In ihr Streicheln mischte sich etwas, was nicht mehr ihm allein galt.

Heute endlich war ihr aufgefallen, dass sie einige ihrer gleich bleibenden Aktionen an Patienten mit immer ähnlichen Worten begleitete. Sie sagte »So, geschafft!«, bevor sie die Elektroden aus der Haube entfernte oder »ich befreie sie jetzt wieder.« Die ewige Tide sich füllender und leerender Warteräume begann sich zu einem monotonen, glanzlosen Bild zu verdichten.

Auf einmal hatte sie das Gefühl, dass sich ihr ganzes Leben immer in der gleichen Bahn bewegte, und sie fühlte Panik. Dabei war ihr bewusst, dass niemand um Wiederholungen umhinkommen könne – so weit man den Bogen auch spannen mochte. Wichtiger war es, den Dingen mit Gleichmut und Sympathie zu begegnen und einen Genuss, nach dem man sich gestreckt hatte, auch empfinden zu können, ohne bereits nach Weiterem zu gieren. Zudem enthielten Wiederholungen auch Tröstliches, ließen sie Zu-Hause-Sein empfinden. Das war es also nicht allein.

Ihre Unrast rührte noch von einem anderen Gefühl her, das Besitz von ihr ergriffen hatte. Lange fast in Vergessenheit geraten, nur für flüchtige Träumereien benutzt, lief es plötzlich Sturm, wollte sie zerreißen in seiner Heftigkeit. Es war schon richtig, dass sie hier am Fenster stand. Auch die Richtung stimmte.

Sie hatte das erste Mal daran gedacht, dass er ihr helfen könne.

Darüber war sie erstaunt.

Er war weder mitteilsam noch schien er unterneh-
mungslustig wie sie – und doch war er es, der den Dingen
einen neuen Anstrich verliehen hatte.

Noch nie hatte jemand sie so durcheinander gebracht.

So ist das, dachte sie benommen und ließ die Hände sin-
ken.

28

Ein besänftigendes Halbdunkel formte weiche Umrisse,
senkte Ruhe über die Umgebung des Teiches. Zweige kna-
cken unter ihren Füßen, während Tanja ihn nachdenklich
umrundete.

Hier, am Südufer, war die Babyleiche gefunden worden. Laura hatte zu deren Entdeckung beigetragen. Allerdings war sie ein Zufallsfund gewesen. Den toten Mann,
den Laura schwimmend auf dem Teich gesehen hatte, der
später verschwunden war, hatte man nicht ausmachen können.

Jan Eichmann war es sichtlich unangenehm gewesen,
dass Tanja und Laura nach den Befragungen ebenfalls zu
gentechnischen und ärztlichen Untersuchungen herange-
zogen wurden, dass sie vom Kreise der möglichen Mütter
nicht ausgeschlossen werden konnten. Tanja hatte sich
bemüht, ihm das Unbehagen zu nehmen, indem sie sich
dem notwendigen Procedere mit gelassener Selbstver-
ständlichkeit unterzog. Ihre Gelassenheit war insofern zur
Schau gestellt, als sie die von Laura gemachte Beobach-
tung nicht mehr einzuordnen wusste.

Sie entsann sich Jan Eichmanns fürsorglicher und sensibler Art, mit der er auf Laura eingegangen war. Zum ersten Mal hatte Tanja ihn in Ausübung seines Berufes erlebt. Seine ruhige, zurückhaltende Sicherheit hatte sie beeindruckt.

Am Abend hatte sie sich mit Peter getroffen und ein langes Gespräch geführt. Er schien ihr verändert, männlicher, fremd. Während des Essens im Restaurant hatte Tanja ihn verstohlen gemustert. Ihre alte Vertrautheit war nicht aufgekommen. Bei ihrer Verabschiedung war Tanja der Ausdruck von Zufriedenheit auf Peters Gesicht aufgefallen, der seine zuvor getroffene Aussage, Tanja fehle ihm, zur bloßen Höflichkeitsfloskel herabminderte, die sie traurig stimmte.

29

Sämtliche Gemütszustände, angefangen von unbändiger Fröhlichkeit bis hin zu plötzlichen Tränen der Trauer waren auf Lauras Gesicht während eines gemeinsamen Essens ablesbar. Sie wechselten relativ schnell oder gingen ineinander über. Diesmal fiel es auch Peter auf. Darauf angesprochen, hatte Laura keine andere Erklärung abgeben können, als dass schließlich nicht jeder Tag gleich sei. Mit ihrem Freund habe es ein Missverständnis gegeben.

»Macht euch keine Sorgen, mit geht' s gut.«

Peter und Tanja bemühten sich liebevoll um sie, versuchten, sie zu überreden, bei Tanja zu übernachten, was Laura aber ablehnte. Peter bot ihr daraufhin an, sie nach

Hause zu bringen, worüber sie sich freute. Eine herzliche Verabschiedung folgte.

»Was war das für ein komischer Ton?«

»Was für ein Ton, Laura?«

»Ach, nichts.«

Spätabends sprach Tanja Peter nochmals am Telefon. Er sorgte sich jetzt auch.

»Ich sehe morgen noch einmal nach ihr, beruhige dich. Geh zu deiner Feier und bedränge sie jetzt vor allem nicht. Lass mich das mal machen. Du sitzt viel zu sehr auf ihr drauf!«

Bilder aus Lauras Kindheit suchten Tanja heim. Sie sah sie mit ihrer Freundin Henrikje durch den Garten toben, fast immer in Verkleidung, erinnerte ihre fantasiereichen Shows, zu denen sie geladen hatten, dachte an die Karatestunden, in denen sie die Kata gelaufen war, an ihre Begeisterung für den Theaterzirkel und an die Kinderheftchen, die sie gemeinsam gefertigt hatten: Tanja hatte sich Geschichten ausgedacht, die Laura liebevoll illustriert hatte. Diese hatten sie dann an Tanjas kleine Patienten verschenkt. Besonders aber berührte sie die Zärtlichkeit, mit der sie aneinander gehangen hatten.

Später, als Jugendliche, war Laura voller Unternehmungslust, Ideen und positiver Energie gewesen, so dass die Vorstellung, jemals Sorgen dieser Art zu haben, völlig abwegig erschienen wäre.

Als Peter Tanja am darauf folgenden Tag anrief, gab er denn auch Entwarnung. Tanja selbst hatte nach einem kurzen Telefonat mit Laura Erleichterung empfunden.

30

Sie hatte ihn sofort entdeckt. Jan Eichmann saß neben Alex und dem Zahnarztehepaar. Für einen Moment nahm die Überraschung ihr den Atem, als Alex ihr schon zu Hilfe kam.

»Tanja, wir dachten schon, dass du bis zum Jüngsten Gericht auf dich warten lässt!«

»Jüngstes Gericht – ist das die Vorsuppe?«, fragte sie spöttisch. Allgemeines Gelächter folgte.

»Nein, der Nachtisch, du wirst sehen!«, erwiderte er aufgekratzt und bot ihr, zu ihrer Begrüßung aufspringend, seinen Platz an.

Tanja warf ihre Tierheimspende in das Behältnis und begrüßte die Anwohner. Anschließend nahm sie wie selbstverständlich neben Jan Eichmann Platz. Sie sah, dass zwei ihr unbekannte Frauen bedeutungsvolle Blicke tauschten. Überdeutlich empfand sie seine Nähe, hatte das Gefühl, dass ihre bioelektrischen Ströme Fühlung nahmen.

Im Gastraum waren etwa fünfundzwanzig Personen versammelt, wahrscheinlich alle in der näheren Umgebung ansässig. Tanja kannte den Zahnarzt nebst Ehefrau, Alex' und Melis Nachbarin, zwei Verkäuferinnen aus der Kaufhalle, das Ehepaar aus dem Blumenladen und den älteren Herren, der am vorderen Ende ihres Weges wohnte. Alle anderen waren ihr, Jan Eichmann ausgenommen, nur vom Sehen oder auch gar nicht bekannt.

»Schade, dass man sich so selten trifft«, sagte der Zahnarzt, zu Tanja gewandt.

»Ja, ich bedaure das auch«, bestätigte Tanja.

»Du willst doch immer deine Ruhe haben«, sagte seine Frau.

Der Abend stand von Anfang an unter einem guten Stern, was sich durch ungezwungene, gute Stimmung mitteilte und durch die fast unablässigen Witzeleien, die hin und her gegeben wurden. Jeder unterhielt sich mit jedem, es kam kaum zu den sonst bei größeren Feiern üblichen Grüppchenbildungen. Auch fiel Tanja angenehm auf, dass Jan Eichmann Berufliches nicht mit Privatem vermischte, er erinnerte sie mit keinem Wort an die Aufregungen der letzten Tage. Die unvermeidlichen Anfragen einiger Anwohner beantwortete er dagegen.

Später, der Abend war schon vorangeschritten, beschwerten sich die beiden Verkäuferinnen darüber, dass der neuen Häuser wegen der Verkehr in ihrem Viertel drastisch zunehmen werde. Tanja, amüsiert, verschluckte sich.

»Hören Sie, mein Hund kam von rechts!«, rief sie fröhlich, weil sie sich lebhaft vorstellte, wie wegen sechs neuer Häuser das Chaos über sie hereinbrechen würde.

Und tatsächlich, Jan Eichmann konnte lächeln und gerade sogar richtig lachen.

Wie war das noch – wozu er sich schließlich entschied …

Tanja freute sich über seinen Humor, darüber, dass er sich auf sie einließ und doch erschien er ihr allen überlegen.

Sie würde alles versuchen, ihm dieses sonst so rare, sparsame Lächeln abzuringen, das ihr aus eben diesem Grunde so kostbar erschien.

Eine längliche gelbe Frucht begutachtend, wurde er von Meli aufgeklärt, dass es eine Kreuzung sei.

»Wahrscheinlich zwischen Apfel und Hornisse«, mutmaßte er.

Eine Emotion unterdrückend starrte Tanja auf ihr Wasserglas. Sie beobachtete, wie ein Zitronenkern, mit Sprudelblasen umgeben, nach oben stieg, eine Weile dort verblieb, die Blasen abgab und wieder sank. Das Gleiche wiederholte sich mehrfach. Lautes Stimmengewirr erfüllte den Raum.

Jan Eichmann war nach zwei Bieren ebenfalls zu Wasser übergegangen.

»Seien Sie unbesorgt Frau Lenz, heute bringe ich Sie nach Hause«, hatte er irgendwann gesagt.

»Frau Lenz heißt Tanja«, hatte sie entgegnet und seinem analytischen Blick getrotzt.

»Herr Eichmann heißt Jan.« Kein Lächeln.

Eine fast unmerkliche Bewegung zu ihr hin, sie fühlte seinen Arm an ihrem, wich nicht aus.

»Kochen Sie eigentlich für sich?«, fragte der Zahnarzt Jan Eichmann.

»Hin und wieder ja«, erwiderte dieser, »aber egal, was ich koche, es wird immer Gulasch daraus.«

»Bei meiner Frau wird es nicht einmal das!«, sagte der Zahnarzt.

»Nana«, machte seine Frau.

Kurz darauf fingen die beiden Verkäuferinnen ein Lamento wegen der Trennung eines benachbarten Ehepaares an.

Tanja erstarrte.

Sie wagte einen Blick in Jan Eichmanns Richtung, konnte seinem Ausdruck nichts entnehmen, fühlte aber seinen Arm nicht mehr. Später ließ sie ihn über andere wissen, dass Enttäuschungen dieser Art niemandem erspart geblieben seien, wenigstens nicht außerhalb der Ehe, dass diese

Dinge eben passierten. Und doch sei Liebe, wenn sie entstünde, echt. Dass sie in vielen Fällen nicht von Dauer sei, wäre immer die große Unbekannte. Sinnend fragte sie sich, warum sie diese Allgemeinplätze von sich gab, was das solle. In der Regel vermied sie das. Sie unterbrach sich deshalb. Außerdem würde er merken, dass sie es seinetwegen sagte und tatsächlich sah er sie an, prüfend. Fast in Zeitlupe formten seine Lippen ein Lächeln.

»Schade, dass man sich so selten sieht.«, sagte der Zahnarzt, der inzwischen etwas derangiert wirkte und dessen Bein unter dem Tisch Tuchfühlung mit dem ihren zu nehmen begann.

»Du willst doch immer deine Ruhe haben«, sagte seine Frau.

Tanja lächelte und bemühte sich, ihr Abrücken zufällig wirken zu lassen, indem sie sich aus dem Brotkorb bediente.

Später, der Gastraum hatte sich zu leeren begonnen, übermittelte sich Jan Eichmann Tanjas Aufbruchsbegehren.

»Es ist zehn vor, möchten Sie gehen?«, fragte er mit einem Blick auf das seitlich der Tür hängende Barometer.

Tanja lachte zustimmend.

»Zehn nach hätten wir allerdings besseres Wetter!«, gab sie zu bedenken.

Sie verabschiedeten sich freundlich, bedankten sich. Tanja umarmte Meli und danach Alex, der sie ganz fest drückte. Über seine Schulter hinweg sah sie wie gebannt in den Mund des Blumenverkäufers, dessen Kiefer bei abwesendem Gesichtsausdruck im Spagat auseinander drifteten. Er erschrak, als er sich ertappt sah.

»Gute Nacht!«, sagte Tanja freundlich.

Jan hielt ihr die Tür auf. Wind und Regen lauerten davor. Dann kamen ihnen die Worte abhanden.

Ihr gesamter Wortschatz schien sich restlos verflüchtigt zu haben. Die Anspannung wich, als sie plötzlich lachen mussten.

Dunkelheit und ihre gegenseitige Anziehung umfingen sie wie ein Kokon, aus dem sie verschönt und beseelt hervortreten würden.

Vor ihrer Tür gab er ihr seine Hand.

»Der Abend neben Ihnen war schön.«

»Ich empfand ihn an Ihrer Seite ebenso.«

Sie waren beide kurz vor irgendwas, kurz vor einem Bruch des Dammes, hinter dem sich ihre Empfindungen stauten, und trotzdem kam es dann doch nicht dazu.

31

Nachdem der grausige Fund in den Medien veröffentlicht worden war, hatte sich die Mutter des Babys, ein siebzehnjähriges Mädchen, überraschend gestellt. Bereits zuvor hatten gerichtsmedizinische Untersuchungen ergeben, dass es sich bei dem Säugling um eine Totgeburt gehandelt habe. Aus Angst vor den Eltern hatte die Siebzehnjährige es irgendwie geschafft, ihre Schwangerschaft zu kaschieren. Im Beisein einer Freundin hatte sie entbunden. Diese, zwei Jahre älter und mit eigener Wohnung, hatte das Kind für den Anfang versorgen wollen. Kopflos, weil der kleine Junge nicht lebte, hatten sie ihn dem Teich überantwortet.

In der Wohnung der Freundin war auf liebevollste Weise

alles für den Empfang des kleinen Erdenbürgers hergerichtet gewesen.

Tanja vergaß den Ausdruck auf Jan Eichmanns Gesicht nicht, als er ihr diese Nachricht überbracht hatte.

32

Der August 2001 näherte sich seinem Ende.

Spatzen saßen auf Tanjas unbeschnittener, sich nach oben verjüngenden Thujahecke, wie Noten in einer Partitur verteilt: in vielen Reihen über- und nebeneinander.

Versonnen blickte sie auf das Szenario, ohne es wirklich wahrzunehmen.

Da lag die Melone, ein unhandlicher Ball mit einer außergewöhnlich harten Schale, der sie sich erneut zuwandte. Sie versuchte, sie mit dem Brotmesser zu zerteilen, rutschte ständig ab. Heute verdross sie, was normalerweise Belustigung hervorgerufen hätte.

Ihr Chef, Herr Herbst, mit dem sie über Laura gesprochen hatte, meinte, es könne sich um eine Art »Switchen« handeln, müsse nicht unbedingt dramatisch sein. Er sehe sich jedoch zu einer sicheren Beurteilung außerstande, ohne sie gesehen zu haben. Gerade darin bestand das Problem. Sie verwaltete sich selbst, war nicht bereit zu einem Arztbesuch. Tanja hatte sie erneut darum gebeten.

Laura hatte ihr vertraulich Mitteilung über ihre Einflussnahme auf sämtliche Fernseh- und Radiosendungen gemacht. Darüber hinaus enthielten diese auch für sie speziell gefertigte Hinweise.

Ein vorher ängstlich gestreifter Gedanke nahm langsam Gestalt an, gleichzeitig bemächtigte sich Tanjas das Gefühl der Machtlosigkeit. Immer wieder erwog sie die Möglichkeiten, die ihr zur Verfügung standen, um resigniert zu erkennen, dass sie keine hatte. Der Umstand der Fremd- oder Selbstgefährdung war nicht erfüllt, also würde sie abwarten müssen. Was für ein schrecklicher Gedanke.

Welchen Vergleich hatte sie damals getroffen – Jan Eichmann ging seelisch zugrunde, während sie sich um ihre Tochter sorgte? War es nicht eben so, dass sie sich um Jan gekümmert hatte, während ihre Tochter einer seelischen Erkrankung entgegensteuerte?

33

Sie war einfach bezaubernd. Er beobachtete ihre anmutigen Bewegungen, bemerkte, dass sie ganz leicht mit ihren Haaren seinen Arm streifte. Eifersucht erfüllte ihn, als sie mit einem ihr gegenüber sitzenden jungen Mann redete. Dann wandte sie sich ihm zu, sah ihn amüsiert an.

Er verspürte eine drängende Lust, ihr spöttisches Lächeln mit seinen Lippen zum Verstummen zu bringen, wagte es jedoch nicht. Wieder sprach sie mit dem anderen, sein Leid nahm konkrete Formen an. Er berührte ihre Taille, wie um an sich zu erinnern. Tanja, sprich mit mir!

Dann ging alles betörend schnell. Sie lächelte wie um Verzeihung bittend, setzte sich rittlings auf seinen Schoß. Er bemerkte, dass sie unter ihrem Rock nichts trug. Nach den Nachbarn spähend, die offenbar keinerlei Notiz zu nehmen schienen, umfing er ihre schlanken Hüften und spürte ihre Lippen auf seinen. Sie küsste ihn mit entwaffnender Zärtlichkeit und Intensität. Wie konnten sie denn hier ... aber schon erloschen seine Bedenken, wurden zu gleißender Begierde. Jan hielt sie fest. Tanja, was ... Er spürte ihre feuchte Wärme, hatte das Gefühl, die Besinnung zu verlieren. Verzweifelt versuchte er, sich zusammenzureißen. Da begann sie, sich zu bewegen, langsam und rhythmisch, während er ihre Haut zu berühren suchte. Ihm war jetzt alles egal ... Tanja, ich ..., nicht aufhören, bitte hör nicht auf, Tanja, ... hör nicht auf ...

Noch zehn Minuten bis zum Weckerklingeln. Seinen Fluch vergaß er heute. Benommen lief er in Richtung des Badezimmers, der Traum wirkte nach. Auf einer Fliese, in der Mitte des Raumes, sah er ein Silberfischchen, das erst in die eine, dann in die andere Richtung zu entkommen suchte. Genau genommen hatte es nicht die geringste Chance und wurde doch begnadigt. Er fand nicht sofort die Armaturen, ließ sein Handtuch fallen und es störte ihn auch nicht, dass ihm die gesamte Abfolge durcheinander geraten würde. Und während er sinnend die Wärme spürte, mischte sich in Höhe seines Gesichtes Salz in das Süßwasser.

34

Der Asphalt war nass und wies zahlreiche Beschädigungen auf. Rotgelbe Blütenblätter verteilten sich wie Eiterkrusten auf einer schwärenden Wunde, in die Tanjas Reifenprofile eine Nahtstelle setzten. Den Himmel sah sie heute nicht.

Zersplittertes Geschirr tauchte in ihrer Erinnerung auf und die getriebenen, aggressiven Gebärden ihrer sonst so sanftmütigen, schönen Tochter.

Es war zur Eskalation gekommen.

Neue Worte und Wortverbindungen schöpfend, sich windend und die Hände vor ihr Gesicht pressend, bar jeden Zusammenhanges von Friede und Befreiung redend, hatte Laura alle Hoffnungen auf ein vorübergehendes Ereignis zunichte gemacht.

Der Sozialpsychiatrische Dienst, vorher von der Schule, in der sie nur noch saß, um geradeaus zu starren, zu Hilfe gerufen, hatte sie wiederum nicht zu einem Krankenhausaufenthalt überreden können.

Tanja und Peter waren der Verzweiflung nahe. Trotzdem erstaunte Tanja die Regelmäßigkeit, mit der Laura weiterhin zur Arbeit ging und am Unterricht »teilnahm«. Es war, als wolle sie die letzte verbleibende Struktur, die noch nicht der Auflösung anheim gefallen war, aufrechterhalten.

Peter und Tanja wechselten sich ab oder besuchten sie gemeinsam in ihrer Wohnung, die sie nicht aufzugeben bereit war. Eine Lösung war nicht in Sicht.

Erstaunlicherweise schaffte später Lauras Chef, was Peter, Tanja und den Ärzten nicht gelungen war. Er war menschlich und intellektuell eine erstaunliche Person. Nach einem ausgedehnten Spaziergang mit ihr, einem Gaststättenbesuch und einem anschließenden einfühlsamen Gespräch war Laura endlich bereit, sich behandeln zu lassen. Der Kampf gegen die Schizophrenie ging in die erste Runde.

35

Er hatte sich an einen Strohhalm geklammert und wunderte sich, dass er nicht trug. Diese Feststellung korrespondierte in grausamer Weise mit all seinen bisherigen Erfahrungen. Sie hatte ihn angefüttert und ließ ihn jetzt fallen. Wie hatte er sich erneut so täuschen lassen können? Fassungslos hatte Jan Eichmann mit angesehen, wie Tanjas Mann zurückkehrte, auch wenn er das Gefühl nicht loswurde, dass sie anders aussah, wenn sie froh gestimmt war. Litt sie vielleicht? Nun, jedenfalls nicht seinetwegen. Hilflos beobachtete er, wie sie sich täglich zu gemeinsamen Unternehmungen zusammenfanden, teilweise mit Blumen oder Geschenken zu Feiern enteilten. Noch immer grüßte sie ihn freundlich, doch schien ihm ihre Freundlichkeit zerstreut, abwesend.

Wie war es möglich, dass er für diese kurze Phase der Hoffnung so teuer bezahlte?

Ein verheerendes Vernichtungsgefühl hatte von ihm Besitz ergriffen, nicht einmal zu seiner abendlichen Lektüre konnte er noch die notwendige Konzentration aufbringen und jetzt war es ihm egal, welche Folgen es haben würde, sich erneut des Alkohols als einziger Hilfe zu bedienen.

Wie ein dunkler Bote hatte die Liebe Einzug gehalten. Für Tanja überschlugen sich die Ereignisse. Trotzdem folgten den Gedanken an Laura immer solche an Jan. Sie war sich jedoch nicht schlüssig, inwieweit ihre eigentlich noch nicht begonnene Beziehung es zuließ, ihn einzuweihen.

Laura saß auf dem Rand ihres Bettes. Sie hatte seit gestern das Beobachtungszimmer verlassen, einen Raum, der durch eine Glasscheibe nebst Jalousie von einem benachbarten Dienstraum getrennt wurde. Tanja streichelte Laura, versuchte, sie abzulenken von den Stimmen, die in ihrem Kopf wüteten, sie beschimpften oder sämtliche Handlungen ihrerseits kommentierten.

Manchmal wirkte sie anhänglich, dann wieder warf sie Tanja gereizt vor, sie zu blockieren. In solchen Fällen pflegte sich ihrer ein absolut feindlicher Gesichtsausdruck zu bemächtigen, der Tanja Angst einjagte.

In der Gewissheit, von allen Menschen jederzeit beobachtet und gehört werden zu können, zögerte Laura aus Schamgefühl ihre Toilettenbesuche endlos hinaus, bis sie massive Beschwerden bekam.

Das Olanzapin, ein atypisches Neuroleptikum, das als erstes Mittel bei ihr eingesetzt worden war, schien seine anfängliche Wirkung eingestellt zu haben und sorgte lediglich dafür, dass sie an Gewicht zunahm. Hin und wieder wurde es notwendig, ihre Erregungszustände mit Begleitmedikamenten zu dämpfen. In solchen Fällen fanden sie sie dann im Bett liegend vor, die Augen stumpf in die Ferne gerichtet oder schlafend.

Die Twin Towers am elften September stürzten, nachdem ihre eigene heile Welt bereits aus den Fugen geraten war. Nichts hatte mehr Gültigkeit, kein Stein stand mehr auf dem anderen. Das Chaos und die Gemeinheit schienen endgültig die Oberhand zu gewinnen.

Schreckliche Bilder aus dem Fernsehen verfolgten Tanja bis in den Schlaf, erfüllten sie mit Entsetzen, machten sie traurig und wütend und sie begleiteten das Bild ihrer Tochter, die wie ein verängstigtes, schutzloses Wesen den Attacken und Horrorszenarien ihres aus dem Gleichgewicht geratenen Hirnstoffwechsels ausgesetzt war.

Laura, komm doch zurück!

Wie in Trance fuhr Tanja nach einem ihrer Krankenhausbesuche nach Hause, wunderte sich, dass sie keinen Unfall verursacht hatte und parkte das Auto in der Garage. Peter hatte sie bei Laura abgelöst. So sehr sie sich bemühte, sich den Unabänderlichkeiten zu stellen, es gab immer wieder Tage, an denen ihr die Bürde unerträglich schien.

Jetzt ganz schnell mit Jan schlafen, gleich zu ihm hingehen, ihn bitten. Er würde sie so nicht wegschicken können. Sie suchte nach etwas, sich zu betäuben, wollte diese Möglichkeit, die ihr ausreichend aggressiv erschien. Dann verwarf sie den Gedanken ebenso schnell.

Sie stieg aus dem Auto aus, schloss die Garagentür von innen und setzte sich wieder hinein. Plötzlich erschien es ihr unmöglich, in ihre Wohnung zu gehen.

Auf der Rückbank liegend, begann sie zu weinen. Ganz leise zunächst, bis sie sich endgültig ihrer Verzweiflung überließ. Ihr Weinen wurde lauter, sie hörte sich selbst zu, wie einer Fremden und hatte plötzlich die Vorstellung, das Blatt wenden zu können, wenn sie nur laut genug dagegen anschreien würde.

Sie sah die beschlagenen Scheiben und hatte für einen Moment das Gefühl, dass die Lichtverhältnisse in der Garage wechselten, als plötzlich die Tür des Autos aufging und sie nach draußen befördert wurde.

Jan.

Er umarmte sie angstvoll, redete auf sie ein. Sie konnte ihn kaum verstehen, hatte aufgehört zu weinen, war aber wie betäubt. Sie wusste nicht wirklich, wie sie in ihre Wohnung gekommen war, ganze Teile des Weges fehlten in ihrer Erinnerung. Erst seine erneute Umarmung innerhalb ihrer Räumlichkeiten ließen sie wieder Fühlung mit ihrer Umgebung aufnehmen. Seine Fragen, ob er sie zu einem Arzt fahren solle oder ob sie ihm sagen wolle, was vorgefallen sei, verneinte sie mit einem Kopfschütteln, klammerte sich jedoch an ihm fest. Reden wollte sie noch immer nicht. Sie fühlte, wie ein Zittern seinen Körper durchlief, das kontinuierlich an Intensität zunahm. Trotz ihrer Trauer dachte sie plötzlich an vierblättrigen Klee, und etwas legte sich schützend über ihre Wunde.

38

Ungläubig registrierte er, dass er nahe daran war, seine Beherrschung zu verlieren. Tanja Lenz weinte nicht seinetwegen, aber an ihm hielt sie sich fest und ihr Körper sprach eine Sprache, die er zu verstehen meinte.

Verunsichert spürte er, dass ein Impuls nicht mehr der Logik des Anlasses folgte, sich verselbstständigte, eine Eigendynamik entwickelte, die sich der Übung der Konvention verweigerte. Er sollte sie trösten, wusste plötzlich nicht, was sie von ihm erwartete.

Zum Teufel, was passierte hier? Jetzt war er auf der Hut. Was wurde hier gespielt, wofür sollte er herhalten? Er war weder blind noch gefühlstaub, dafür verbittert und erneut misstrauisch. Und er war schon viel zu lange allein, so schien es ihm.

»Ich bin für Sie da, wenn Sie mich brauchen – immer!«, sagte er ihr. »Ich bin drüben und gehe nicht weg.«

Er hatte nicht die Absicht, ihr weh zu tun, als er sich abrupt von ihr löste und nach draußen strebte, fast im Laufschritt, wie ihr schien.

Gegen einen starken Drang umzukehren, hielt er seinem Haus entgegen und gegen etwas, was er lieber nicht analysierte.

Er ging schon lange nicht mehr zu anderen Frauen, und an diesem Abend betrank er sich auch nicht – für den Fall, dass sie ihn brauchen würde.

Ihr Duft hing ihm an, er hatte ihn hinübergerettet in seine quälende Einsamkeit, mit der er sich jetzt niederlegte, an die Decke starrend. Dann schloss er die Augen und berührte sich.

39

Gedankenverloren sortierte Tanja eine Akte in den Karteischrank, die sie eben erst herausgesucht hatte. Jetzt suchte
sie sie erneut. Hin und wieder verpasste sie die halbminüti-
gen Zeitnotizen auf den EEG-Blättern während der Hyper-
ventilationsphase. Ihr Mund lächelte, wenn sie es ihm
befahl, aber das Lächeln war nicht in ihr. Sie spürte deutlich, dass sie sich zusammenreißen musste, wenn sie nicht
selbst krank werden wollte.

»Was ist das für ein kulinarischer Totentanz auf deinem
Teller«, versuchte ihre Kollegin Silvia sie aufzuheitern.
Ihre schwarzen Augen glänzten spitzbübisch. Sie hatte
Tanjas lieblos belegtes Frühstücksbrot entdeckt, das ange-
bissen auf deren Teller lag.

»Tanja, du wirst es nicht ändern, sieh zu, dass du das
Beste aus all dem machen kannst. Du kannst noch so viel
tun. Laura wird es vielleicht möglich sein, sich ihrem ehe-
maligen Zustand wieder zu nähern. Gib euch beiden die
Zeit, die ihr dazu brauchen werdet.«

Silvia hatte Recht. Sie würde sich endlich zusammenreißen, versprach Tanja sich selbst. Dankbar erkannte sie,
wie viele Menschen sich um ihre Tochter und sie bemühten. Es half nichts, sich der Realität verweigern zu wollen,
so verlor man jeden Kampf.

Heute früh hatte sogar eine ihrer depressiven Patient-
innen mit schamhafter Geste einen Schokoriegel für Tanja
über den Tresen geschoben. Wie sehr sie das berührt hatte!
Trotz Tanjas unverminderter Freundlichkeit hatte diese ihre
Trauer gespürt.

40

Die Klinik lag am Rande der Stadt. Das Gelände war nicht eben groß. Ein hübscher kleiner Garten lud zum Verweilen ein. Manchmal überkam Tanja das Gefühl, sich erbrechen zu müssen, bevor sie den Pförtner passierte. Tapfer kämpfte sie dagegen an. Inzwischen kannte sie einen Großteil der Mitpatienten. Einen Mann mit arabischem Einschlag zum Beispiel, der seine Hände in unermüdlichem Gebet gefaltet hielt und fast unablässig in Richtung des nicht vorhandenen Himmels schaute. Sie sah hüpfende und tanzende Gestalten, Menschen, die unablässig weinten, solche, die vor sich hinstarrten oder gewehrfeuerartige Redeschwälle über sie ergossen. Eine Frau, die in bizarrer Haltung erstarrt mitten im Flur stehen geblieben war. Tanja staunte, wie selbstverständlich sich ihre Tochter hier bewegte, bis ihr einfiel, dass sie dazugehörte.

Dem die Tür bewachenden Personal lagen Listen der Patienten vor. Verschiedenfarbige Punkte vor den Namen dienten der Information darüber, ob und wie der Ausgang erfolgen durfte. Zum Beispiel in Begleitung oder selbstständig.

Lauras Behandlung gestaltete sich schwierig. Das Olanzapin wurde gegen Flupentixol ausgetauscht, das Flupentixol wegen unzureichender Wirkung gegen Amisulprid, dieses gegen Quetiapin. Kein Tag war wie der andere. Kaum hatten sie Mut geschöpft, weil Laura eines Tages geordnet und zuversichtlich wirkte, folgte am nächsten die Bestrafung durch Angst und Chaos.

Das Gewicht hatte sich von fünfundfünfzig Kilogramm auf vierundsechzig erhöht, ohne dass ein messbarer

Erfolg des psychischen Zustandsbildes abzulesen gewesen wäre.

Die Psychotherapiesitzungen erlebte Laura noch in krankhafter Umdeutung, insofern verfehlten diese völlig ihre Wirkung.

Mit Tanja war eine Veränderung vorgegangen. Die rasende Trauer war einer unerschütterlichen Entschlossenheit gewichen. Die Karten würden neu gemischt werden. Sie war auf dem Weg, ihrer beider Schicksal anzunehmen und zu kämpfen. Um jeden Tag, um jede geordnete Minute, um jedes Glücksgefühl von Seiten Lauras, deren unschuldige, liebe Augen schon Spuren eines allumfassenden, wissenden Leides widerzuspiegeln begannen. Ich liebe dich, Laura, dachte sie, ich liebe dich.

41

»Tanja, du brauchst Streichhölzer!«, meldete sich Alex bei ihr.

»Alex, schön, dich zu hören, aber ich esse jetzt Reißzwecken«, meinte sie müde lächelnd.

»Tanja, hörst du mir nicht zu?«

Endlich verstand sie, dass sie um jeden Preis zu ihm kommen solle, konnte sich aber nicht vorstellen, weshalb.

»Kannst du mir …«

»Nein!«

Noch unterwegs beschlich sie eine angstvolle Ahnung, die sie bestätigt fand, als sie die Tür des Kneipchens öffnete.

Aus geröteten Augen starrte ihr Jan entgegen. Sein Blick schien dumpf und wechselte plötzlich in Verwunderung und Beschämung.

Sie rief Alex und Meli einen Gruß zu, orderte einige Artikel und bezahlte mit unverhohlener Hast. Der Gastraum war nur mäßig gefüllt, allerdings, so schien es ihr, von hart gesottenen Alkoholkonsumenten. Eben jene, die Tanja in der Regel mied.

Wieder fiel Tanja auf, dass ihr Erfahrungen mit Männern fehlten. Noch immer bedeuteten sie eine wenig bekannte Welt für sie. Peter, der ihr aus der gemeinsamen Kindheit gefolgt war, hatte ihr aus eben diesem Grund die erforderliche Sicherheit gegenüber anderen Vertretern seines Geschlechts nicht vermitteln können.

Vor Jan, der allein an einem der Tische saß, hatte sie keine Angst, er hatte ihr diese bereits schon einmal genommen. Trotzdem ergriff sie neben ihrer Unsicherheit ein fast wildes Weh bei seinem Anblick, weil sie erkannte, dass sie möglicherweise nicht unschuldig an seinem Zustand war. Dass sie ihn nicht ins Vertrauen gezogen hatte, schien ihr jetzt eine unverzeihliche Unterlassung. Wie hatte sie ihm, der sich ihr zaghaft zuzuwenden begonnen hatte, so wenig sensibel begegnen können!

Sie begrüßte ihn freundlich, während sie neben ihm Platz nahm und versuchte, den Grad seiner Trunkenheit einzuschätzen. Für alle Fälle. Für den Nachhauseweg.

Zaghaft legte sie ihre Hand auf seinen Unterarm.

Er fuhr zu ihr herum. Für einen Moment glaubte sie, er sei ärgerlich und bekam einen Schreck. Dann bemerkte sie, dass er einfach seine Bewegungen nicht mehr unter Kontrolle hatte.

»Es tut mir Leid, bitte lassen Sie mich hier. Gehen Sie nach Hause, Tanja. Ich kann Sie heute leider nicht bringen.«

»Nein, Jan, heute bin ich an der Reihe, ich bringe Sie.«

»Bitte gehen Sie nach Hause, Tanja.«

Hilflos sah sie sich um. Ihre Umgebung hatte sie trotzdem weitgehend ausgeblendet. Sein rechter Arm hatte sich unsicher um ihre Taille gelegt. Sie hörte Bemerkungen von den Nebentischen.

»Bitte kommen Sie mit mir, Jan, ich gehe nicht ohne Sie.«

Alex kam ihr zu Hilfe.

»Du kannst morgen bezahlen, Jan, wir bringen dich jetzt heim.«

Erneut erstaunte Tanja, wie sehr Jan Eichmann sich trotz seines Zustandes zusammenreißen konnte. Er erhob sich unsicher, schlug Alex' Begleitung dankend aus und schloss sich Tanja an, die ihn bei der Hand nahm.

42

Passagierflugzeuge, die Hochhäuser zerstören. In die Tiefe stürzende Menschen, Feuer, Panik, Chaos. Angehörige, die nach Vermissten und Toten suchen, riesige Tafeln mit Fotos. Opfer und deren Helfer in gleicher Gefahr. Unfassbares war fassbar geworden, Regeln verloren ihre Gültigkeit. Der Friede hielt für eine andere Form des Krieges her. Terror – ziellos, bar jedes Funken Anstandes und jeden Mitgefühles.

Die höchste Stufe der Nonzivilisation.

Der Trost – die Welle der Empörung und Solidarität, die folgte. Das Aufbegehren.

Das Erstaunliche – die kurze Zeit, in der die Beachtung selbst größter Katastrophen sich wieder dem Alltag hintanstellte.

Tanja schaltete den Fernseher aus und saß eine sehr lange Zeit bewegungslos.

43

Stöhnend berührte er seine Stirn. Bohrender Schmerz fraß sich in sämtliche Windungen seines Gehirns. Bleierne Übelkeit lähmte ihn, wurde potenziert durch die Scham, die er empfand. Nein, diesmal wusste er nicht mehr alles, aber genug, um rasende Verzweiflung zu empfinden. Warum hatte Tanja Lenz ihn so sehen müssen? Er entsann sich ihrer Fürsorge und stieß einen Fluch aus. Nahmen die Torturen nie ein Ende? Reichte es nicht, dass er völlig verkorkst war und dass das Schreckgespenst des Terrors weltweit um sich griff? Hatte er sich auch noch vor Tanja erniedrigen müssen? Nicht einmal den Groll, der ihn früher vor dem gänzlichen Zusammenbruch bewahrt hatte, hatte sie ihm gelassen. Sein Schutzwall war aufgeweicht, sie hatte ihn erneut verwundbar gemacht und was das Schlimme war – er hatte es vorausgesehen.

Zu allem Unglück würde sein Freund und Kollege Sven ihm heute erneut die Hütung des Cockerspaniels übertragen. Den Hund mochte er gern, aber er ahnte die

Entgleisung bei dessen Rückgabe voraus. Was gab es noch für einen Grund, sich zu enthalten? Der Rausch geriet ihm langsam zum einzig erträglichen Zustand.

Mühsam erhob er sich, stutzte. Fand ihren Schal auf dem Nachbarbett. Es war benutzt, sie musste dort gelegen haben. Davon wusste er nichts mehr.

Er nahm den Schal auf und führte ihn an sein Gesicht. Da war er, ihr Geruch. Sie war noch bei ihm geblieben. Aus Sorge. Wer weiß, wie lange?

Was machte es überhaupt für einen Unterschied, ob sie gegangen oder geblieben war?

Er spürte ein plötzliches Umschlagen seiner Stimmung. Es machte einen!

Er fand den kleinen Zettel, der nicht mehr als vier Zeilen enthielt. Diese jedoch, in flüssiger Handschrift und unverkrampftem Stil, besserten sein Befinden, befreiten ihn von seinen Selbstzweifeln.

44

Feuchtigkeit drang durch ihre Kleidung. Tanja bemerkte sie kaum. Halb in Gedanken registrierte sie das Spalier der neuen Häuser, deren große Fensterfronten den Blick auf die Inneneinrichtung der Wohnräume und deren Insassen freigeben würden. Schon immer hatte sie diese aufgenötigte Indiskretion deprimiert, dieses Schauwohnen. Bald schon würde die Erinnerung an den einsamen Feldweg verblasst sein, den sie heute noch vermisste.

Es war Sonnabend und noch sehr früh.

Sie hatte nicht schlafen können. Erst gegen Morgen hatte sie Jan verlassen, neben dem sie gewacht hatte, ihren Arm um seinen Oberkörper. Sie erinnerte sich der Beherrschung, die es sie gekostet hatte, ihre Hand auf einer Stelle zu belassen, nicht seinen Rücken zu küssen. Gegen drei Uhr dreißig hatte sie sich losgemacht, war hinaus geschlichen, darauf bedacht, ihn nicht zu wecken, ihm Peinlichkeiten zu ersparen.

Tanja beschloss, den Park zu umrunden, trat in die Pedale. Neubausilhouetten ragten am Nordrand auf; vieläugige Fensterlandschaft hinter halb geschlossenen Jalousien, Schlaflidern gleich und doch wachsam.

Auf den Seitenwegen herrschte völlige Dunkelheit. Sie hatte keine Angst, war wie hypnotisiert. Sie fühlte sich unantastbar, niemand würde ihr etwas zuleide tun. Es gab Tage, da wusste man diese Dinge.

Ihre Gedanken kehrten zu Jan zurück, wie er an ihrer Hand gegangen war, bemüht, gerade zu laufen. Seine unsichere Entschuldigung, als sie ihn zum Bett begleitet hatte, auf dessen Rand sie anfangs sitzen geblieben war, ihre Hand in seiner. Dass er ihr etwas gesagt hatte, liebevoll und umständlich, bevor er in fast ohnmächtigen Schlaf gefallen war.

Sie würde mit ihm reden müssen, unbedingt. Sehr bald schon. Ihr war noch unklar, wie.

45

Wie Perlen auf Schnüren reihten sich Tropfen an den Unterseiten der Zweige. Vereinzelt fielen Blätter zu Boden. Ein Eichelhäher saß harrend im Geäst des Nussbaumes, sein Gefieder aufgeplustert wegen der unwirtlich grauen Nässe. Das ferne Signal rückwärts fahrender Baufahrzeuge zerteilte hin und wieder die ländliche Stille.

Sie hatte ihm Benno gebracht, der, einen kurzen Moment unbeaufsichtigt, durch eine Öffnung im Zaun auf ihr Grundstück gelangt war.

»Ich bringe Ihnen jemanden, der Ihnen gar nicht gehört.«

»Verdiene ich das denn?«

»Dass ich ihn bringe oder dass er Ihnen wegläuft?«

Noch immer spürte er ihre Gegenwart, ihre flüchtige Umarmung beim Abschied und den Kuss auf seiner Wange. Hatte sie das, was er ihr gesagt hatte, trösten können? Warum hatte er sie nicht festgehalten?

Er erinnerte sich schamhaft des flüchtigen Moments der Erleichterung zu Beginn ihres Berichts, die kurze Zeit später seiner Bestürzung gewichen war.

Und da war die Erkenntnis, dass sie sich trotz alledem auch um ihn sorgte: »Bitte trinken Sie nicht mehr, Jan. Es tut mir weh! Kommen Sie mir nicht auch noch unter die Räder.«

Das war doch …! Zum Teufel, was war er für ein Idiot!

46

Offenbar hatte er sie wieder einmal verpasst, er harrte jedoch weiter am Fenster aus.

In den Sträuchern unterhalb ihrer Bäume lagen noch Äpfel, die sie selten vollständig aufsammelte. Für die Tiere, pflegte sie zu sagen. Auch für die Beseitigung der herab gefallenen Blätter hatte sie ihre eigene Methode gehabt. Sie war einfach mit dem Rasenmäher darüber gegangen. Zwei größere Hügel hatte sie allerdings für die Igel angehäuft.

Er überraschte sich beim Lächeln.

Zurzeit sahen sie sich wenig. Sein neuer Fall beanspruchte sehr viel Zeit, und Tanja fuhr zu den täglichen Besuchen ins Krankenhaus, hatte momentan auch ihre Mutter und ihren Bruder zu Gast.

Trotzdem stand er früh anders auf, mit einem neuen Gefühl der Zuversicht, mit neuem Antrieb. Er wuchs an der Erkenntnis, dass sie seines Schutzes und seines Zuspruches bedurfte, dass sie ihn gern hatte und ihm vertraute. Wenn sie sich begegneten, suchten sie regelmäßig das Gespräch. Was er im Grunde hasste – nachbarliche Konversation am Gartenzaun –, war ihm zum Bedürfnis geworden, stellte eine Auszeichnung für ihn dar. Mit ihr war alles anders. Er strengte sich an, sie zu unterhalten, sie abzulenken von ihren Sorgen. Manchmal tröstete er sie.

Langsam begann sie, ihn aufzulockern, schenkte ihm Selbstvertrauen. Obwohl sie oft traurig aussah, wenn sie sich unbeobachtet fühlte, schien ihr ein unerschütterlicher Wille zu eigen zu sein, der ihm Respekt abverlangte.

Mit dem Trinken hatte er völlig aufgehört. Für sie.

Ihre häufigen Ermahnungen waren längst nicht mehr nötig, trotzdem waren sie zu einer Art liebevoller Zeremonie geworden.

»Nicht trinken, Jan, versprechen Sie es mir.«

»Ich muss nicht mehr trinken, Tanja.«

»Nein, das müssen Sie nicht.«

»Wirklich nicht?«

»Nein.«

Soeben hatte er noch in Gedanken daran eine starke Bewegung empfunden, als ihn etwas überkam.

Es war die Gewissheit, dass nach ihr für ihn nichts mehr wichtig sein würde. Den nächsten Abgrund konnte er voraussichtlich nicht mehr verlassen, falls es ihr je einfallen würde, ihn zu verstoßen.

47

Wie flatternde Kolibris zitterten restliche, trockene Blätter an den Zweigen der Bäume. Krähen warfen Nüsse aus großer Höhe auf die Pflastersteine, damit sie sich öffneten. November.

Laura schien ebenso bildhauerisches, wie malerisches Talent zu besitzen. Aus einem Speckstein hatte sie ein wunderbares fantasievolles Gebilde geschaffen. Am oberen Bug eines Grundsteines auf vier Elefantenfüßen war der Kopf eines Vampirs zu sehen, dessen Flügel ihn rückwärts gerichtet umspannten. Deutlich waren die Flügelhäute und Knöchelchen auszumachen. In den lateralen Vertiefungen sah man sich festklammernde Echsen. Seitlich der Beine schwamm ein Fisch auf einer Welle, an deren anderem Ende sich eine Schlange wand. Der Flug stelle die höchste Ebene dar, erklärte Laura. Die Formen waren so unglaublich genau, dass Tanja zunächst dachte, Laura habe eine Vorlage benutzt. Die Ergotherapeutin bestätigte jedoch, was fast unmöglich schien – sie hatte es einfach aus ihrer Fantasie gefertigt.

Ansonsten wechselten ihre Stimmungen weiterhin stetig, ein Rückgang der wahnhaften und paranoiden Symptomatik war kaum zu verzeichnen. Tanja nahm an, dass die hohe Produktivität, die Fantasie und das Geschick ihrer künstlerischen Arbeiten eben diesem Umstand geschuldet waren.

Mit Tanjas Hilfe begann Laura, an ihrem Gewicht zu arbeiten, was durch die nachmittägliche Langeweile nicht leicht durchzuhalten war.

Gerade hatten sie sich nach einer Partie Tischtennis mit zwei Bechern heißen Kaffees zu einer Bank des Aufenthaltsraumes begeben. Noch immer überkam Tanja zuweilen Angst, Laura könne ihren Kaffee plötzlich über sie gießen. Auch heute schien sie gereizt.

Dann jedoch begann sie jämmerlich zu weinen, sich an Tanja klammernd, die Mühe hatte, ihren Becher abzustellen. Verzweifelt versuchte Tanja eine ermutigende und Hoffnung spendende Argumentation, stellte Laura zusätzliche Belohnungen in Aussicht, sagte ihr, wie lieb sie sie habe. Ihre blonden Haare streichelnd, wiegte sie sie hin und her, strich über ihre Wangen, sah den hübschen Mund, dessen Unterlippe sich wie die eines Kindes beim Schmollen nach vorne geschoben hatte.

Wie weh ihr dieser Anblick tat!

Später würde sie noch von weiteren Bildern verfolgt werden:

die freundliche Schwester, die herbeigeeilt war, als Laura in rasender Verzweiflung die Zierbäumchen des Aufenthaltsraumes zu entlauben suchte.

die Ankündigung ihres Suizids.

das anschließende Gespräch mit dem Dienst habenden Arzt.

das erstmalige Erwägen des Einsatzes von Clozapin, das nie als Mittel der ersten Wahl galt, weil es die Gefahr einer Schädigung des Blutbildes barg.

Gerade bis zu ihrem Gartentor hielt Tanjas Beherrschung vor, dort streifte sie den Pfeiler und fuhr anschließend gegen einen Steinstapel in ihrer Garage, der lärmend zusammenbrach. Mühsam entstieg sie dem Auto, ohne den Schaden zu begutachten.

Ich sterbe, wenn Jan nicht da ist, dachte sie panisch und glaubte es auch für einen Moment. Eine lähmende Übelkeit überkam sie. Noch während sie Kurs auf sein Haus nahm, sah sie, was sie nicht sehen wollte. Verzweifelt klingelte sie, sank vor der Tür zusammen, verharrte lange reglos. Dann raffte sie sich auf und rief von zu Hause Peter an.

Sie starb weder an diesem noch an den folgenden Abenden.

48

Verliebt war sie immer nur in die Autoren oder Helden der Bücher gewesen, die sie las.

Außer zweier Ausnahmen.

Warum dachte sie ausgerechnet jetzt an eine?

Weil es inzwischen eine dritte gab?

Möglich.

Vielleicht war aber die Kugel im Roulette der Erinnerungen einfach nur zufällig auf diese Zahl aus dem Bereich »Noir« gefallen …

Sie hatte mit Freunden gefeiert. Inzwischen entsann sie sich nicht einmal mehr, wo Peter zu diesem Zeitpunkt gewesen war.

An einem der Nebentische hatten vier Männer gesessen. Einer von ihnen hatte Tanjas Aufmerksamkeit erregt, weil er auf sie im Gegensatz zu seinen Freunden ernst und traurig gewirkt hatte. Ihre Blicke waren sich häufig begegnet, Tanja hatte gelächelt, er war ernst geblieben. Sie wusste gar nichts von ihm und doch schien es ihr bald, als kenne sie ihn seit Ewigkeiten. Er war traurig, sie hatte das Bedürfnis verspürt, ihn zu trösten. Am Ende des Abends war sie verliebt.

Irgendwann waren die vier Männer gegangen und Tanja hatte eine nagende Trauer verspürt. Nach etwa einer halben Stunde waren auch Tanja und ihre Freunde aufgebrochen.

Sie hatte es plötzlich eilig mit den Verabschiedungen gehabt, als sie jenen Mann auf der gegenüberliegenden Straßenseite an einem Zaun lehnend entdeckte. Sehr genau entsann sie sich der eingeisterten Blicke, als sie stehen geblieben war, während er sich loslöste und zögerlichen Schrittes auf sie zugekommen war.

Sie hatte ihren erschütterten und ungläubigen Freunden viel erklären müssen am folgenden Tag, wohingegen sie nur über ihr Motiv, jedoch nicht über ihre Begegnung Auskunft zu geben bereit gewesen war.

Er hatte ihr seine Hand gegeben und sich ihr vorgestellt. Auch sonst besaß er tadellose Manieren, was Tanja alle Angst vor ihm genommen hatte.

»Lassen Sie mich heute nicht allein, ich bitte Sie«, hatte er zu ihr gesagt.

Mit keinem anderen Mann außer mit Peter hatte sie bis dahin intimen Kontakt gehabt und doch folgte sie in dieser Nacht dem Fremdem, schuldig und unschuldig zugleich, gutgläubig einem Ruf folgend, dem sie noch nie zuvor nachgegeben hatte.

Die Nacht mit diesem Mann zählte zu ihren zärtlichsten Erfahrungen und er hatte sie geküsst, gelächelt und sie lange umarmt, als sie ihn am Morgen verließ.

Nie wäre ihr in den Sinn gekommen, dass sie ihn erst zwanzig Jahre später wieder sehen würde. Monatelang hatte sie auf ein Zeichen von ihm gewartet, hatte geglaubt, er würde nach ihr suchen. In jedem parkenden Auto, an jeder Straßenecke hatte sie ihn wartend ersehnt, jedes Klingeln des Telefons hatte sie in hoffende Unruhe versetzt.

Erst sehr viel später hatte sie verstanden, wofür er sie gehalten haben musste, und sie war lange Zeit wie vernichtet.

49

Januar. Endlich eine Wende. Das Clozapin, allerdings in Kombination mit Risperidon, zeigte Wirkung. Erstmals gelang Laura die Distanzierung von ihren paranoiden Ideen. Tanja nahm dies zum Anlass, sie behutsam über ihre Erkrankung zu unterrichten, ihr Mut zuzusprechen, aber auch Akzeptanz zu erwirken.

Eine unangenehme Nebenwirkung des Clozapins war die starke Dämpfung, die es anfangs hervorrief. Laura hatte teilweise Mühe zu gehen. Ermattet lag sie im Wohnzimmer, den Wochenendurlaub zu Hause trotzdem genießend.

Tanja hatte überlegt, was sie mit ihr unternehmen könne, war aber in Anbetracht von Lauras Zustand sehr schnell von der Erwägung längerer Ausflüge abgekommen.

Dann hatte sie einen Einfall. Sie fand, verstaubt in ihrem Bücherregal, ein Buch von Daniel Defoe, »Robinson Crusoe.« Es handelte sich um eine liebevoll bearbeitete und illustrierte Jubiläumsausgabe des Gräbner-Verlages von 1897. Die wachen Phasen Lauras nutzend, begann Tanja mit dem Vorlesen des Buches und konnte ihr Interesse und ihre Aufmerksamkeit für längere Abschnitte gewinnen. So verfuhren sie auch in der folgenden Zeit. So lange es ihr bei ihrer Beeinträchtigung möglich war, hörte Laura aufmerksam zu. Ihre dysphorisch-gereizten Zustände begannen einer beinahe kindlich anmutenden Anhänglichkeit zu weichen, die hin und wieder durch Phasen großer Störbarkeit abgelöst wurde, in denen Laura jeder Reiz von außen ängstigte und in Abwehr versetzte. Am besten überstand sie diese mit geschlossenen Augen.

Trotzdem zeichnete sich, für Tanja erkennbar, eine Besserung ab.

Wir schaffen es, Laura, verlass dich darauf, dachte sie entschlossen.

50

Februar. Mit Ausnahme der Wochenenden täglich die gleiche Strecke zur Klinik und zurück. Jan am Steuer. Hin und wieder begleitete er Tanja.

Versonnen sah sie aus dem Fenster.

Die bizarren Silhouetten der Windkraftrotoren verliehen der Landschaft den Anstrich von Science-Fiction-Visionen. Sie registrierte die fluoreszierenden Begrenzungspfosten, deren aufgezeichneten Pfeilen sie die Richtung der nächstgelegenen Notrufsäule entnahm. Am Zustand der Leitplanken ermaß sie Häufigkeit und Schwere stattgehabter Unfälle. Kondensstreifen von Flugzeugen säumten den Himmel.

Und immer wieder sah sie aus ihrem Augenwinkel Jan, der neben ihrer Tochter ihr Fühlen beherrschte und den Raum um sie auszufüllen schien. Ihn für sich gewonnen zu haben, schien ihr das Kostbarste neben Lauras Zustandsbesserung schlechthin. Hinter seiner einst unzugänglich anmutenden Fassade hatte sie einen wohltuend zuverlässigen und kameradschaftlichen Mann gefunden.

Noch immer verkehrten sie rein freundschaftlich.

Als Opfer für die Götter, hatte Silvia sie geneckt, die ihr nicht glauben wollte. Manchmal konnte Tanja es selbst kaum glauben. Es mochte mit der augenblicklichen Situation zu tun haben, mit Laura. Niemals ausgesprochen, schien ihn ein Ansinnen ihrerseits erreicht zu haben, das sie nie gestellt hatte. Manchmal hatte sie das Gefühl, dass es ihm seine ganze Beherrschung abverlangte.

Andererseits ging zuweilen von Jan selbst etwas aus, eine Art Aura, die sie blockierte, die sie innezuhalten zwang, sie vor Überstürzung warnte. Sah sie hier den Teil, der Cara zum Gehen veranlasst hatte? Immer verwarf sie den Gedanken sofort wieder. Ungeachtet dessen war er geboren.

Sie biss sich auf die Lippen.

»Jan«, sagte sie und begegnete seinem Blick.

51

Nur die länger werdenden Tage und die Hoffnung auf den Frühling, die dem März schon innewohnte, trösteten über das unwirtliche Wetter hinweg, wenngleich sich das Bild selten von dem des Winters unterschied.

Der letzte Besuch vor Lauras Entlassung aus der Klinik.

Vier bis acht Wochen in einer tagesklinischen Betreuung würden folgen, in denen sie tagsüber die Therapien nutzen und nachts zu Hause oder bei Tanja schlafen würde. Durch die Betreuungsbehörde vermittelt, würden etwa fünf Arbeitserprobungsmonate und anschließend eine Lehre als Buchbinderin in einem Berufsbildungswerk beginnen.

Bis auf ein latentes Gefühl, andere Menschen würden

ihre Gedanken lesen können und die noch immer auftreten-
den Zustände großer Störbarkeit, hatte Laura sich ihrem
Normalzustand weitgehend angenähert. Sogar Teile ihres
Humors hatten sich zurückgemeldet. Über eine Tasche fal-
lend, war sie reglos und mit geschlossenen Augen liegen
geblieben. Tanja und Jan waren besorgt zu ihr gelaufen, als
sie sahen, dass Laura sich mühsam das Lachen verkniff.
Zwei jungen Männern ihrer Station wurde schon jetzt der
Abschied von ihr schwer.

Aus einer Bahn in eine neue, nie ins Nichts. Tanja hätte
es wissen sollen, es gab immer Hoffnung solange man
lebte, und wenn sie Glück hatten, würden sie den Kurs halten können.

52

Fast wäre es ihm lieber gewesen, sie hätte geweint, dann
hätte er einen Parkplatz gesucht und angehalten, aber Tanja
saß zusammengesunken, starrte vor sich hin, das Nesteln
an ihren Pulloverärmeln machte ihn nervös.

Jan fühlte die Phase kommen, die sich häufig bereits
erfolgreich bestandenen Zerreißproben anschloss – den
späten Zusammenbruch. Und er kam ganz unvermittelt, auf
dem Nachhauseweg. Kurz zuvor hatte er sie noch optimis-
tisch gewähnt.

An ihre fleckige Haut dachte er, als er sie damals weinend aus ihrer Garage geholt hatte. An die von Tränen ver-
klebten Haare. An die Verwundbarkeit des Glücks. Daran,
dass immer etwas anders kam, als man es plante.

Da fiel ihm auf, dass er in dem Maße erstarkte, in dem Tanjas Kräfte zu schwinden schienen, und erneut bemerkte er den sich befreienden Willen, der sein Misstrauen zu überlagern begann.

Liebe wird häufig aus Leid geboren, die Entbehrung lässt uns zusammenrücken, nicht der Überfluss. Wann hatte sie das gesagt?

53

Allein unter Hunderten von Menschen. Es war nur ein Gefühl, das sie hin und wieder heimsuchte. Nicht dazuzugehören und doch in deren Mitte zu stehen, hungrig nach Blicken, nach Gesten, nach Zuwendung.

Sie sah sich in einem Waggon mit ihrem Kinderkoffer, von ihrer Omi, von ihrem Vater und von ihrem Bruder verabschiedet. Die Omi mühsam lächelnd, ihr Bruder weinend. Seine blonden Haare, die kindlich magere Gestalt. Alle drei winkend, während sich der Zug in Bewegung setzte und sie für Sekunden glaubte, der Bahnsteig entferne sich und nicht sie. Die Tränen, Verzweiflung. Nach Hause zu fahren, obwohl sie von zu Hause gekommen war. In der Schwebe, zerrissen zwischen zwei Polen. Tanjas Kindheit, längst verwunden und doch in den Abyssalen harrend, drängte ans Licht für einen Moment der Angst. Verlassen sein, todtraurig, nie mehr essen wollen.

Also würde sie damit beginnen, so wie sie es als Kind und später als Jugendliche getan hatte. Ein Lächeln jeden Tag für irgendjemanden – einst hatte sie geglaubt, die Welt damit verbessern zu können, heute wusste sie, dass es wahrscheinlich nicht einmal die Stadt verlassen würde, selbst wenn es weitergegeben wurde. Ungeachtet dieser Tatsache war sie überzeugt von dessen positiver Kraft.

Nicht auf einem Bahnhof, sondern in einer Einkaufs-passage hatte sie sich an dieses Gefühl erinnert. Sie blickte um sich, sah Menschen genießerisch oder erschöpft auf Bänken verharren, andere eilten in diverse Richtungen. Eine sitzende Frau entledigte sich ihrer Schuhe und Strümpfe. Plötzlich hatte sie eine Schere in der Hand. Tanja und einige Passanten glaubten, sie würde sich die Fußnägel schneiden wollen.

Da bekam sie ihr Lächeln von mehreren Seiten, gab es mehrfach zurück. Ein Pflaster abschneidend, lachte jetzt auch die Sitzende.

Das Gefühl des Alleinseins, eben noch bedrückend, war aufgehoben. Gerade noch ein loses Atom, wähnte Tanja sich jetzt als festen Bestandteil einer Mehrfachverbindung. Unvermittelt empfand sie Liebe und Mitgefühl für jene, die die Lebenszeit mit ihr teilten.

54

Laura wurde in einem dichten sozialen Netz aufgefan-gen. Neben Peter, Jan, Tanja und deren Mutter kümmerten sich Sozialamt, Arbeitsamt, Betreuungsbehörde, Ärzte, Psychologen, Sozialpädagogen und Helfer. Für etwa vier Jahre wurde sie ausbildungsmäßig begleitet und abgesi-chert.

Wer von den gesunden Jugendlichen, die sich erfolglos um Lehrstellen bewarben oder auf dem freien Arbeitsmarkt Jobs suchten, konnte auf nur annähernde Hilfe zählen? Tanja taten die jungen Menschen Leid, die von Beginn an in einer Gesellschaft Orientierung suchten, in der Arbeit zur Mangelware geworden war, eine Gesellschaft, die vielen von ihnen Aufgabe und Bestätigung verweigern musste. Manch anderen dagegen, die Arbeit hatten, raubte diese wegen der großen Konkurrenzsituation Gesundheit und Schlaf. Eine grundlegende Änderung war nicht zu erwarten.

So bewahrheitete sich erneut der Vergleich mit den zwei Seiten einer Medaille. Trotz ihres Handicaps konnte sich Laura momentan noch zu den Privilegierten zählen. Nach liebevoller Begleitung in einer sehr schönen Tagesklinik nahm sie jetzt an der Arbeitserprobung im Berufsbildungswerk teil. Zahlreiche Freundschaften, die auf Grund ihrer Krankheit der Auflösung anheim gefallen waren, wurden hier durch neue ersetzt. Auch Stefan, ein Freund aus vergangener Zeit, hatte sich ihr erneut angeschlossen und trug einfühlsam Sorge für sie.

In geschützter Umgebung, bei geringer Schülerzahl und engagierter Betreuung durch die Lehrkräfte gewann Laura ihr Selbstvertrauen zurück. Langsam aber stetig blühte sie auf. Des Mittags oder Abends wurde sie jedoch weiterhin von präpsychotisch anmutenden Zuständen überfallen, die sie inzwischen einzuschätzen gelernt hatte und von denen sie wusste, dass ihnen nur liegend und mit geschlossenen Augen zu begegnen war. Nach wie vor verlief kein Tag störungsfrei.

Tanja hatte sich, wenn schon nicht versöhnt, so doch der

Tatsache gefügt, dass es darum ging, die Symptome der chronischen Erkrankung ihrer Tochter so gering wie möglich zu halten. Nur noch selten, wenn ihr das gesamte Ausmaß für Sekundenbruchteile bewusst wurde, weinte sie, haderte mit dem Schicksal, das Laura eine so enorme Last aufgebürdet hatte. Wie schon so oft hinterfragte Tanja ihre eigene Schuld als Mutter und fand in allen belastenden Momenten die Antwort nicht.

Manchmal bewunderte sie Jan, der in seiner ruhigen, verständnisvollen, unaufdringlichen Art Zugang zu Laura gefunden hatte, dem sie sich mit fast kindlichem Vertrauen angeschlossen hatte, der noch zu Krankenhauszeiten ein Gespräch mit ihr geführt hatte, in dessen Folge sie bis heute zuverlässig clean geblieben war.

55

Sie hatten gemeinsam die »Appassionata« gehört. Deren zweiter und dritter Satz klangen ihr eindrucksvoll nach, verbanden sich mit Jan. In Zukunft würde sie an ihn denken, wenn sie sie hören würde.

Wie immer hatten sie sich verabschiedet mit einer Umarmung und einem Kuss auf die Wange. Wie immer hatte sie ihre Umarmung beendet. Das Bemühen, ihn nicht spüren zu lassen, dass sie sich mehr wünschte. Wie immer die Reue, es nicht doch gezeigt zu haben. Sein Blick mit der Frage, die zu verstehen sie sich nach außen hin weigerte – den Kopf wendend, lächelnd, winkend.

Umkehren!

Nein.

Ein Frühlingssturm rüttelte an ihren Fensterläden. Sie hatte die samtene Luft und die atmende Erde gefühlt, während sie die kurze Distanz zwischen ihren Häusern überwunden hatte. Ihr schien, als würde eine Amsel ihren volltönenden Gesang in das an- und abschwellende Rauschen des Orkans mischen. Sanft knospende Zweige wurden roh gezaust. Ein Stück Papier, vom Wind an einen Zaun gepresst, fiel herunter, tanzte für einen Moment, um sich erneut an die Streben zu schmiegen.

Im Halbdunkel legte sie sich auf den Teppich. Das Licht eines Autoscheinwerfers wanderte fächerförmig über die Decke und schien die Position der Zimmergegenstände gegeneinander zu verschieben. Unrast erfüllte sie.

Hunger inmitten von Überfluss.

Etwas Mächtiges, Undifferenzierbares schien sich zur körperlichen Barrikade zwischen ihnen auszuwachsen.

Irritierende Entwicklung.

Das »Sie« zu den Vornamen, voller Respekt und doch vertraulich, war in fast unmerklichem Übergang dem »Du« gewichen.

Er war zu ihrem Mann geworden, und war es auch wieder nicht. Seine Zurückhaltung, von der sie wusste, dass sie ihn Mühe kostete, begann sie aufzureiben. Je länger sie andauerte, je schwerer schien es ihr, die Barriere zu durchbrechen, die sie selbst ambivalent aufrechterhielt. Warum bestand sie so darauf, dass er sie überwinden müsse? Trotz allen Vertrauens spürte sie noch immer seine Vorbehalte. Was ihr anfangs angenehm erschienen war, begann sie zunehmend zu peinigen. Ihr schien es, als würde sie durch seine Zerrissenheit in einen unerbittlichen Sog geraten, der ihr selbst alle Klarsicht und die Möglichkeit angemessener Reaktionen verstellte.

Langsam erhob sie sich, trat ans Fenster, den Blick auf sein Haus gerichtet. Sie sah Licht, lächelte. Später weinte sie.

Wer hatte gesagt, nach der »Appassionata« könne man nichts anderes mehr hören?

56

Das Bedürfnis, sie zu besitzen, war zu einem schmerzhaften Dauerzustand geworden, den er nicht umzuwandeln wagte. Nie war er sicher genug, eine der kurzen Umarmungen auszudehnen, sie festzuhalten. Fast sofort gab er nach, wenn sie sich zu lösen suchte. Hemmungen, seinerseits etwas zu fordern, zu verändern. Als könne er damit den jetzigen Zustand erhalten, als würde er sich auf alle folgenden Zeitschablonen bannen lassen. Lieber weniger als nichts. Angst, der Beginn könne das Ende bergen.

Noch vor Wochen wäre es ihm leichter gefallen, sie einfach zu küssen. Zu viele verpasste Momente, die seinen Mut erstickten, weil sie ihm im Nachhinein Zeit zum Grübeln gelassen hatten.

Aus dem Augenwinkel beobachtete er sie beim Stöbern in seinem Bücherregal. Leider besaß sie nicht nur eine schöne Seele. Ihre geschmeidigen Bewegungen versetzten ihn in erregte Anspannung. »Ah, die Stellungskriege«, hörte er sie sagen, als ihr das Kamasutra-Buch in die Hände fiel. Er lächelte. Sie sagte noch etwas, was er nur halb verstand, weil er sich zum tausendsten Mal vorstellte, sie auszuziehen und zu lieben. Lachend neckte sie ihn, als sie seinen Blick bemerkte. Da war er wieder, ihr intelligenter Spott, der sich nie gegen ihn richtete, den zu verstehen er gelernt hatte, der ihn kitzelte aber nie verletzte.

Ihre Freundschaft war ihm unverzichtbar geworden. Das Lachen hatte sie ihm zurückgeholt, die Wärme, und von ihr wusste er, wie es aussah, wenn man litt und doch sein Leid nicht vor sich her trug. Er schämte sich dafür, dass er einst geglaubt hatte, sie kenne keines, nur weil sie schön war und sonnig. Sie würde ihn lehren, Enttäuschungen zu begegnen ohne aufzustecken und ohne sich zu betäuben. Tanja, die seine Seele mitten in einer ihrer persönlichsten Katastrophen mit Licht geflutet hatte.

Ungeachtet dessen hatte er Tanja gegenüber in der letzten Zeit ein dem Unmut verwandtes Gefühl verinnerlicht. Zunehmende Ungeduld und ein leiser Ärger darüber, dass sie ihm nicht entgegenkam, ihm nicht half. Eine kleine Geste ihrerseits hätte ausgereicht, ihn zu ermutigen, sie musste es wissen. Genügte es Tanja genau wie Cara, sich in seiner Bewunderung und Begierde zu sonnen?

Hatte sie je bemerkt, welche Blicke ihm ihre Freundin Sonja Felgentreu schenkte?

Erschrocken dachte Jan Eichmann, dass Tanja Recht hatte, als sie in anderem Zusammenhang geäußert hatte, dass geringes Selbstwertgefühl jede Partnerschaft zerstören würde.

Er stand auf. Ging auf sie zu. Noch immer begutachtete sie seine Bücher, jedoch erschien sie ihm jetzt zerstreut. Seitlich ihres Rückens verharrte er. Der kurze Moment ihres Nichtreagierens, der doch Reaktion bedeutete. Die leichte Drehung ihres Kopfes in seine Richtung, ohne ihn anzusehen. Er sah die Rundung ihres Shirtausschnittes auf ihrem Rücken, die ein Stück goldbrauner Haut freigab. Die vollendete Linie vom Hals zu ihrer Schulter.

Sein Verlangen wurde übermächtig. Er fühlte die Zeit stehen bleiben und es schien ihm nur folgerichtig, dass in eben diesem Augenblick das Signal eines technischen Gerätes, nämlich das des Telefons, die Magie zerstörte.

57

Tanja hatte Sonja bei den Fotomontagen geholfen. Die Arbeit war ihnen gut gelungen. Zufrieden hatten sie sich anschließend zu Alex und Meli begeben, wo sie sich seit zwei Stunden festgeredet hatten. Laura und ihr Freund Stefan waren später zu ihnen gestoßen. Tanja fühlte sich glücklich mit Laura in ihrer Nähe und inmitten ihrer Freunde. Dankbar entsann sie sich deren Unterstützung während der langen akuten Krankheitsphase ihrer Tochter. Besonders Alex hatte neben Jan eine ungeheure Natürlichkeit und großes Geschick im Umgang mit den für Laien doch ziemlich verwirrenden Symptomen bewiesen.

Herzensbildung nannte man so etwas wohl.

Trotzdem war sie froh, als Laura irgendwann den Wunsch zu gehen äußerte.

Jan stand vor seinem Haus, als sie mit ihr und Stefan zurückkehrte. Die ganze Zeit hatte Tanja ihn vermisst. Mit einem jähen Glücksgefühl erkannte sie, wie sehr, als sie ihn erblickte. Es sah aus, als warte er auf sie, und es kostete sie einige Beherrschung zu gehen und nicht zu rennen.

58

Der von Laura bearbeitete Stein ließ drei Menschen erkennen, hintereinander lehnend. Sie hatte ihn Jan geschenkt, der unschwer als letzte der Personen identifizierbar war, dessen Arme und Hände schützend die vor ihm befindlichen Gestalten umfingen. Die Köpfe – einseitig zugespitzten Ellipsen ähnlich – hatten keine Gesichter. Dadurch hatte Laura vermieden, in den Kitsch abzugleiten. Erneut war ihr eine beeindruckend schöne Arbeit gelungen. Sichtlich bewegt hatte Jan Laura umarmt, die ihrerseits die Geste erwiderte. Dann war sie mit Stefan aufgebrochen. Sie hatte glücklich ausgesehen.

Tanja begriff, dass Laura ihrer nicht mehr im vorherigen Umfang bedurfte, sie würde sich erneut im Loslassen üben müssen.

Es würden noch weitere verbesserte Medikamente entwickelt werden und vielleicht würde irgendwann mit Hilfe der Genforschung die Schizophrenie heilbar oder vermeidbar sein.

Jetzt aber sah sie, am Fenster stehend, die restlichen Beeren eines Ligusterstrauches, die sich schwarzpunktig gegen das helle Grau des Himmels abhoben. Sie konnte nichts von Interesse entdecken, seit Laura und Stefan ihrem Blickfeld entschwunden waren. Was sie gefangen nahm, befand sich hier. In diesem Raum.

Jan blätterte in einem Buch, als sie sich umwandte. Sie sah sein männliches Gesicht – nie war ein Gesicht ihr schöner erschienen. Sie sah den ernsten und doch weichen Ausdruck darin. Die lässigen Jeans, die seine Schenkel umspannten. Seinen schlanken, sportlichen Körper. Und sie sah, was sie in ihm gefunden hatte.

Es gibt keine Sicherheit, bestenfalls die Illusion darüber. Sie hatte es vorhin gesagt, ganz nebenbei. Ihr war entfallen, in welchem Zusammenhang. Nicht entfallen war ihr seine Reaktion, die Aufmerksamkeit, die er ihren Worten geschenkt hatte, sein jähes Verharren. Sein Blick, der ihnen plötzlich Gewicht verlieh.

In wenigen Minuten würde Sven hier sein, ihn abzuholen, dienstlich. Zwei Tage ohne Jan.

»Jan?«

Klingeln.

Er war aufgestanden, eine unterbrochene Bewegung zur Eingangstür, dann wandte er sich Tanja zu. Sie war gerührt, sah erstes Grau im Haar seiner Schläfen. Dorthin setzte sie ihre Lippen, als sie ihn umarmte, ließ sie über seine Wange gleiten, näherte sich seinem Mundwinkel, deutete erneut den Kuss an. Langsam, weich. Obwohl er äußerlich bewegungslos schien, entging ihr seine Reaktion nicht. Sie fühlte seinen Aufruhr, konnte seinen Atem hören.

Klingeln.

Plötzlich hatte er sie ganz fest. Seine Lippen und seine Hände verrieten eine Entschlossenheit, die ihr fremd war an ihm. Sie erschauerte, fühlte Erregung.

Sie hatte etwas begonnen, von dem sie wusste, dass sie es nicht zu Ende führen konnten.

Klingeln, jetzt mehrmals, ungeduldig.

Noch einmal tauschten sie einen Code, der sich selbst entschlüsselte, kurz, eindringlich.

Dann öffnete Jan.

»Sven«, sagte er, und Tanja registrierte lächelnd den leisen Vorwurf in seinem Tonfall.

59

Etwas war gesagt. Eine neue Ebene erreicht.

Ziellos lief sie durch den Park.

Sie hätte an Dachrinnen hangeln können, sich auf die Strasse legen, auf einen Baum klettern, den Nächstbesten umarmen. Aber nein – niemand schien sich über sie zu wundern, sie ging offenbar ganz sittsam. Dabei war die Gefahr, dass sie plötzlich jemanden anspringen würde, nie größer gewesen. Die Menschen waren blind.

Maunzi wartete, als sie zurückkam. Ihr rotes Halsband leuchtete in der Dämmerung. Tanja nahm sie auf. Dann drückte sie sie an sich – etwas zu heftig, wie sie erschrocken feststellte, als die Katze sich, irritiert, zu befreien suchte. Zwei lange Kratzspuren zierten daraufhin Tanjas Unterarm. Die Versöhnung mit Maunzi gelang ihr trotzdem am gleichen Abend durch die Bestechung mit Räucherlachs.

»Ich komme morgen schon«, hatte Jan später am Telefon gesagt, lächelnd.

60

In ihrem Traum hatte sie Dienst auf einer hämatologischen Station. Tanja war durch endlos lange Gänge geirrt, alles schien ihr fremd. Nie fand sie in einem Schrank die Dinge, die sie dort wähnte. Sämtliche Verordnungspläne waren nicht auffindbar. Sie hatte ihr Unvermögen empfunden, Angst gefühlt. Jetzt war sie hellwach.

Sie hüllte sich in eine Decke, öffnete die Terrassentür, setzte sich auf deren Schwelle. Sie hörte das sanfte Rauschen des Windes in den Fichten, sah Sterne auf schwarzblauem Samt.

Vielleicht könnte sie eines Tages Jan von dem vierzigjährigen Patienten erzählen, den sie fast immer auf der Seite liegend gefunden hatte, der nie etwas forderte, still und freundlich war – dem Tode geweiht. Und sie hatte damals, zwanzigjährig, gedacht, dass es schön wäre, sich zu ihm zu legen, ihn zu streicheln – nur das –, später wieder aufzustehen und alles wäre anders gewesen, besser, hatte sie gehofft.

Einmal hatte er ihre Hand gehalten. An diesem Tag waren seine Schmerzen besonders stark gewesen. Sie war lange geblieben, hatte ihm etwas gesagt, was ihr verboten war. Wenigstens das hatte sie für ihn gewagt. Er war an einem ihrer freien Wochenenden gestorben.

Auch später hatte es Menschen gegeben, Männer wie Frauen, deren Leid sie mit nach Hause trug, es war trotzdem nie mehr dasselbe.

61

Stroh, Federn und Vogelkot verteilten sich auf seiner Terrasse. Die unter den Dachziegeln nistenden Spatzen hatten in Jan einen ihnen wohl gesonnenen Vermieter gefunden.

Tanja holte ihr Rad aus der Garage, sah, dass es sonnig und warm werden würde, wusste nicht, warum sie sich plötzlich nach dem Herbst sehnte. Eine Amsel sang ihr Lieblingslied.

An diesem Tag begegnete sie dem Anderen, dem Gefährten einer kurzen Spanne zwischen Nacht und Morgendämmerung. Auf dem Übergang zur Alleestraße. Nach über zwanzig Jahren. Trotzdem erkannten sie sich.

Er war allein, sah sie aus großen Augen an. Sie lächelte, war irritiert. Eine kurze Bewegung des Armes, so als wolle sie winken, aber ihre Hand blieb dem Lenker verhaftet, dann war sie vorbei. Trat mechanisch in die Pedale und verstand nicht, warum sie nicht angehalten hatte. Noch war es nicht zu spät. Sie drehte sich um, begegnete seinem Blick. Ein kurzer Stich. Sie entfernte sich weiter, begriff wiederum nicht, hatte die Gewissheit eines lang erhofften aber verpassten Moments.

Ein leises Bedauern überkam sie – nicht gefragt zu haben, was sie damals über Monate gemartert hatte – warum, oder was, oder wie er sie hatte nicht suchen können nach einer so zärtlichen Nacht.

Kaum empfunden, wurde das Gefühl des Verlustes Vergangenheit, die man hervorholen oder zurücklegen konnte. Vielleicht war sein Nichtreagieren damals von der gleichen Logik und Qualität wie ihres heute gewesen. Einfach nur die Folge von Überraschung und Unsicherheit. Auf diese Idee war sie damals nicht gekommen, auch nicht darauf, dass sie selbst etwas hätte unternehmen können. Sie hatte gewusst, wo sie ihn finden konnte.

Unzufriedenheit nagte an ihr. Sie fand ihr Verhalten dumm. Schwor sich zu fragen, sollte sie ihm je wieder begegnen.

Dann dachte sie an Jan, und etwas Wärmendes, Schützendes umhüllte sie. Auf Regen würde Sonne folgen. Grausam war das Leben und schön.

62

Sie waren im Theater gewesen und nach der Pause gegangen, hatten beschlossen, dass ihnen das Stück nicht gefiele.

Wahrscheinlich waren sie ungerecht.

Sie hatte ihn noch zu sich gebeten, er hatte es erwartet, beobachtete ihre Reaktionen, konnte sie nicht entschlüsseln. Sie schien nicht verunsichert, ganz im Gegensatz zu ihm.

Während sie Tee machte, dachte er darüber nach, was sie auf dem Rückweg geäußert hatte. Schon oft hatten ihn ihre Kommentare beschäftigt, ihn irritiert.

»Das Jetzt steht immer ein Stück dem Sehnen hintan. Der Wert des Verlorenen oder Fernen steht meist höher im Kurs als der des Verfügbaren.«

Nicht unbedingt, hatte er sagen wollen zu ihrer Bemerkung, die sich, wie er wusste, nicht nur auf das Theaterstück bezog. Sie hatte gelacht, weil er Bekümmerung gemimt habe, wie sie behauptete. Dann leiser: »Nimm mich nicht so ernst.«

Jetzt stellte sie den Tee vor ihm ab, setzte sich neben ihn. Sie redete, er war kaum imstande, ihr zu folgen, war unkonzentriert. Er wollte etwas sagen, sie um etwas bitten, aber er sagte nichts, bat sie nicht.

Sie verstand ihn auch so. Umarmte ihn, löste sich plötzlich, ging hinaus.

Wie in Trance folgte er ihr, als sie ihm, zurückkommend, in der Tür begegnete. Er beobachtete, wie seine Zurückhaltung sich, schwachsinnig geworden, verzog.

Zum Teufel, dachte er, ihr den Weg versperrend, warum lasse ich sie nicht vorbei, aber sie hatte bereits ihre Hände an seine Brust gelegt, lächelnd.

Also doch, dachte er, sich ergebend, und fühlte so etwas wie Glück.

Sein nächster beiläufiger Gedanke war, dass er aufhören würde zu fluchen, doch es war weniger etwas, was er sich vornahm, als etwas, was er vorauszusehen glaubte. Weiteres prognostisches Denken stellte er ein. Die Entscheidung war längst gefallen, lange vor dieser Nacht. Wahrscheinlich, so kam es ihm jetzt vor, schon als er noch gegen sie zu kämpfen glaubte.

Ihn wunderte, welch unsinnige und nervöse Gedanken durch seinen Kopf jagten in einem Augenblick, wo er der Erfüllung dessen entgegensah, nach dem er sich Stunde um Stunde verzehrt hatte. Etwa solche, dass ihre langen Beine keiner parkettfeindlichen Schuhe bedurften.

Mit ihren Händen und ihren Lippen löschte sie auch diesen Teil seiner gedanklichen Kombinationsgabe, bis nur noch unmittelbares Empfinden blieb.

Sie liebten sich ein ums andere Mal. Er dachte nichts mehr, überließ sich seinen Sinnen, war überrascht von sich, von ihr.

Als er ihr später all die Dinge sagte, die er sich bisher gehütet hatte auszusprechen, fühlte er seltsamerweise Erlösung.

Es gibt keine Sicherheit, bestenfalls die Illusion darüber.

Erstaunt registrierte er, wie wenig ihn diese Tatsache erschütterte.

Dagmar Graupner, geboren 1957 in Berlin,
lebt und arbeitet in Potsdam.